DARIA BUNKO

蛇恋艶華

西野 花

ILLUSTRATION 笠井あゆみ

ILLUSTRATION
笠井あゆみ

CONTENTS

蛇恋艶華

「――お前が『アルファ殺し』か」

ドアを開けるなり、男は鼓巳《つづみ》を上から下までじろじろ見回すと、意外そうな表情でそんなことを言ってきた。

鼓巳はその繊細な作りの顔に困ったような微笑みを浮かべ、今夜の客となる男を見上げる。

「一ノ葉《いちのは》鼓巳です」

「俺はダルーだ。入れ」

タイのマフィア幹部である男は流暢な日本語を使った。鼓巳は軽く一礼して、ホテルの部屋に入る。都内でも指折りの外資系ホテル。ここが今夜の鼓巳の仕事場だ。

「もう、シャワーを浴びてよろしいでしょうか」

ダルーは素肌にガウンを羽織っている。もう準備万端ということなのだろう。

「ああ、そうだな……。いや」

男は何かを思い直したように、バスルームに向かう鼓巳を呼び止めた。

「そのまま抱かせろ。噂に聞くアルファ殺しのフェロモンというものを、じっくり味わってやろうじゃないか」

「……承知しました」

「脱げ」

　ダルーの要望に従うべく、鼓巳はスーツの上着をするりと肩から落とし、それを椅子の背に放る。それからネクタイを外し、シャツを脱いで、ズボンのベルトに手をかけた。その一連の動作を、ダルーはベッドに腰掛けてじっと見ている。

　ズボンを脱ぎ、靴下と最後の一枚を脱ぎ落としてしまうと、鼓巳の身体《からだ》を隠すものは首筋を覆う黒い首輪以外何もなくなる。そこには真っ白な、細身だが均整のとれた裸体があった。

「――――」

　ダルーは口元に手を当て、何か驚いたような顔で鼓巳を見る。

「そいつは外さないのか」

「はい？」

「これだ」

　男は自分の首を軽く叩く仕草を見せた。鼓巳はそれを見て、ああ、と小さく頷く。

「ご容赦下さい」

　万が一噛まれでもしたら、一生が決まる。それは鼓巳を守る防具でもあった。ダルーはふん、と面白くなさそうに鼻を鳴らす。だが、それからにやりと口の端を引き上げると、鼓巳に向かって手招きをした。

「来い」

男の元まで歩いて行くと、すぐに腕を掴まれてベッドに押し倒された。大きなかさついた手が肌の上を這う。

「アルファ殺しなんていうからどんなやつが来るのかと思ったら……」

「あっ、あ」

男にまさぐられ、鼓巳の敏感な肉体はシーツの上で緩やかに身悶《みもだ》えた。

「やけにおとなしめなナリだな。大和撫子というのか？」

鼓巳はその体質からアルファ殺しなどという物騒な二つ名を与えられているが、その外見はどちらかと言えば楚々《そそ》としている。腕のいい職人が精魂こめて作り上げた日本人形のような清楚な顔立ちだ。二十二という年齢も相まって、学生に見られることもある。だが。

「これはたいしたタトゥーだな。刺青か。日本のマフィアがよく入れているものとは少し違う」

鼓巳の身体には腰から尻、左の太股にかけて、蛇が巻き付くような刺青が彫られている。蛇は口を開けて赤い舌を出しており、その周りを飾るように大小の牡丹の花が咲いていた。外見がいくら静かな美しさをたたえてはいても、その彫り物は鼓巳が裏社会の人間であることを表している。

「なるほど、これはいい」

「あっ、あぅんっ……！」

ダルーに乳首を吸われ、鼓巳は声を上げた。敏感な身体は、ほんの少しの愛撫も我慢できない。たちまち尖った肉の突起を舌先が舐め転がし、ぴんぴんと弾いてくる。もう片方は指先で弄ばれ、時折押し潰すように刺激された。

「ああっ……、はうっ…、っあ」

「感度がいいな。それとも演技か？」

「ち、違い、ます……」

「そうか。オメガってやつは、みんなこんなふうに淫乱みたいだな？」

「わ、わかりませ……、んぁっ！」

脚の間の肉茎を握られ、高い声が出た。そのまま扱《しご》き上げられて全身がびりびりと痺れる。

「ああんっ……あっ」

身体中が燃えるように熱くなって、じんわりと汗が浮いてくる。扱かれる快感に腰が浮き、背中を反らした。

「おお――…、これは」

鼓巳の身体から立ち上るフェロモンを感じ取り、ダルーが瞠目する。鼓巳からすれば、毎回のように見る光景だった。

この世界にいる男達は、鼓巳が特別なオメガだということに興味を抱いている。鼓巳からもたらされるフェロモンに恐れたり様子を窺ったりしない。だからこんなふうに、一瞬で取り込まれる。

（そうならないのは、あの人だけだ）

「ふあっ…、あぁぁんんっ！」

鼓巳の下半身に突如、強烈な快感が走った。ダルーが鼓巳の股間に顔を埋《うず》め、その肉茎を咥《くわ》えて吸ってきたのだ。じゅる、じゅるという音を立てながら、感じるところを舐めしゃぶってくる。

「んん、ふうう、ああ…っ、いい…っ」

身体の中心が引き抜かれそうな刺激に腰がわななく。頼りなく宙に投げ出された足の爪先が快感のあまり広がったり、あるいは内側にきゅうっと丸まったりしていた。そして男の太い指が、後ろの肉環に捻《ね》じ込まれる。

「あ――～っ」

そこはすでにオメガの特性故に潤っていた。ぬぷ、ぬぷと抜き差しされると、ヒクつく媚肉が痛いほどに疼《うず》く。

「ああっ、っ、だめ、いっしょは…っ」

前と後ろを同時に責められる感覚にせっぱつまった声で哀願した。だが、そうすると男はますます執拗に鼓巳を追いつめてくるのだ。

「んあっ、あっ、あっ！　い、いくぅぅう……っ」

前をしゃぶられ、後ろをかき回されて、感じやすい鼓巳の身体は容易《たやす》く限界を迎えてしまう。

「あぁぁあっ」

限界まで仰け反り、がくがくと身体を揺らして、鼓巳は絶頂に追い上げられた。男の口の中に吐き出された白蜜は、ためらいなく飲み下されてしまう。

「はっ…、はあ、はあ」

荒い息を整える鼓巳の前で、ダルーがようやっと顔を上げる。鼓巳は男の顔を見て薄く微笑んだ。

「……くそッ」

腕が強く引かれ、鼓巳は上体を引き起こされる。その時の男の目を見て、鼓巳は彼もまた自分のフェロモンに溺れてしまったのを悟った。

「ん、んくぅう……っ！」

「うお…っ」

男の上に抱き上げられ、その怒張を自分の中に挿入していく。狭くぬかるんだ肉洞は男のものを難なく迎え入れ、締めつけていった。快楽が腹の奥から込み上げてきて、鼓巳は男の逞《たくま》しい胴をまたぎ、卑猥に腰を振る。

「あ、ああっ、あっ……！」

奥まで咥え込んだそれが、中を抽送する度にぐぽぐぽと音がした。

「あっ、あっ！　いっ……！」

いい。感じる粘膜を擦られるのがたまらない。

細い腰がいやらしくくねり、快楽を貪《むさぼ》る様を見せつけると、ダルーの両手で腰骨を乱暴に掴まれた。

「まったく、なんてオメガだ…っ！」

ずうん、と下から強く突き上げられる。

「ああ——〜っ！」

強烈な快感に大きく背を反らした鼓巳は、立て続けに貫かれてあられもない声を上げた。

「ふあっ、ああっ、いいっ、いいっ……！」

「どうだ、気持ちいいのか」

「ひぃ、んんっ、き、きもち、いい……〜っ」

鼓巳にとって男に抱かれることは仕事だが、そこから得られる快楽は演技などでは決してなかった。この恥知らずな身体は、誰に抱かれても感じてしまう。それは初めて男を知った時から変わらなかった。

他のオメガがどうなのかは知らない。だが、鼓巳は特殊なオメガだった。だからこんなことをしている。

「あっ、んっ、んっ、んっ！」

絶頂がまたすぐそこまで来ている。感じすぎて鼓巳の腰の動きが鈍くなったので、男が無遠慮に突き上げてきた。

「あっ、くっ、んう、ふ、ああ、ああ――〜っ」

イく、イく、と何度も口走り、実際に鼓巳は幾度か極め、その度に全身からフェロモンがふわりと立ちのぼる。

「うぐっ…！」

「あああっ！」

体内の奥にダルーの白濁を強《したた》かにぶちまけられ、鼓巳はそれからまた仰向けに組み敷かれた。

「もう少しつきあってもらうぞ」

両脚を抱え上げられ、容赦なく肉洞を抉《えぐ》られてゆく。鼓巳自身の愛液と、ダルーが出した精が攪拌《かくはん》され、耳を覆いたくなるような卑猥な音がそこから響く。総毛立つほどの快感が身体中を駆け巡った。

「あ、ぁ――あ、あん、ああ…っ！」

何度も背を反らし、快楽を全身で表して鼓巳は絶頂を繰り返す。そして鼓巳を抱く男もまた、目を血走らせてその白い身体に溺れていくのだった。

浴室から出てきた鼓巳はきちんと髪を乾かし、皺《しわ》にならないように脱いだスーツを身につけ、ネクタイの形を几帳面に整えた。鏡の中の鼓巳は、ほんの小一時間前まで男の下で啜《すす》り泣きながら喘いでいた面影などどこにも見当たらない。

「――――では、ダルー様、今後とも一ノ葉会とのお付き合い、どうぞよろしくお願いいたします」

「……なあ」

当のダルーはだらしなくガウンを引っかけ、呆然とした体《てい》でベッドに腰掛けていた。

「今度はいつ会えるんだ?」

「……一ノ葉のほうにお申しつけ下さい。上が必要と判断すれば、また機会を設けさせていただけるでしょう」

「それじゃいつになるのかわからない!」

ダルーは立ち上がって声を荒らげる。

「なあ、俺に囲われる気はないか? 最高の贅沢をさせてやる。セックスだって悪くなかったろう?」

「ありがとうございます」

鼓巳は小さく微笑んだ。

「ですが、私は一ノ葉から離れるつもりはありません。お気持ちだけいただいておきます」

「俺は日本人のそういう断り方が大嫌いだ」

ダルーは吐き捨てるように言い、足早に鼓巳の側へ近づいてくる。

「なあおい、行くな。いや、帰さないからな――」

その太い腕が鼓巳の腕を掴もうとした瞬間、男の喉元に拳銃が突きつけられた。人形のように冷たい顔をした鼓巳が、醒めた瞳で男を見ている。

「それ以上私に無体を働けば、あなたは死ぬよりもひどい目に遭うでしょう。――以前、私を輪姦した男達がいましたが、全員生きたまま細切れにされ、海や山に遺体を棄てられました」

「……」

物騒なことを淡々と話す鼓巳に、ダルーははっとしたような顔をして両手を挙げ、そこから一歩退いた。

「あなたはいいお客様でした。そんな目に遭わせたくない」

男が我に返ったのを確認して、鼓巳はゆっくりと銃を下ろす。

「あなたのファミリーの次の取引で、うちを指名していただければ、またお会いできるかもしれません。断言はできませんが」

呆然としている男に、鼓巳は静かな声で囁いた。絶望した瞳に困惑したような光が宿る。それは、もう一度鼓巳を抱けるかもしれないという可能性を与えられた悦びと、そこまで一人のオメガに入れ込んでしまったという事実に対する恐怖なのかもしれない。

「では、失礼します――」

鼓巳は男に背を向けると、静かに部屋から出て行った。長い廊下をエレベーターに向かって歩く。途中観光客らしき女性客とすれ違ったが、彼女達は鼓巳とすれ違った後、声を潜めて何かを囁いていた。

「ねえ、すごい綺麗な人――」

「さすが東京、って感じ?」

今時そんなことがあるのだろうか。無邪気な女性達の会話に、思わずおかしくなって微笑んでしまった。

だが、その後に、

「やっぱりオメガかな?」

そんな言葉が聞こえた。

鼓巳はエレベーターに乗り、地下二階まで降りて駐車場に到達する。カツカツと靴音を立てて側のブロックを曲がり、止まっていた黒塗りの車に近づく。ドアに手をかけ、後部シートにするりと身を滑り込ませると、奥に座っていた男が声をかけてきた。

「終わったのか」

「終わった」

「そうか。ご苦労だったな」

隣に座る男は一ノ葉清武《きよたけ》といって、一ノ葉会の直系であり、三十五歳にして次期組長と目される男だった。１８５㎝という恵まれた体躯を仕立てのいいイタリア製のオーダーメイドスーツで包んでいる。

精巧な顔立ちは男らしさの中にどこか甘さも含んでいて、鍛えられた美しさもあった。確かこういうのは、美丈夫《びじょうふ》というのだ。

「清武が毎回迎えに来てくれなくてもいいのに」

「馬鹿言え。心配だろうが」

鼓巳と清武は血は繋がってはいない。だが鼓巳が一ノ葉の家に引き取られてから、兄弟同然のように育ってきた。

「原田《はらだ》、出せ」

「承知しました」

清武が運転席に声をかけると、車は静かに発進する。

「それで、今日の男もお前のフェロモンに夢中になったのか？」

「また会いたいって一生懸命に言われた」

「ふん」

清武は面白くなさそうに鼻を鳴らす。

「お前のよさはフェロモンなんか関係ないのに、調子のいいことだ」

「それは清武がオメガのフェロモンに耐性があるからだって、弘《ひろむ》さんが言ってたよ」

この世界にある性別は男と女の他に、アルファ、ベータ、オメガというそれぞれ三つに分けられる。最も一般的なのがベータで、今この車を運転している原田がそれに当たる。

そしてアルファは、容姿、能力、統率力など、すべてに秀でている人種だ。清武はもちろんそれに当たる。そしてオメガは中でも最も稀少種で、男女問わず子を孕《はら》み、フェロモンを放つ。オメガのフェロモンにはアルファは抗えない。そのため、仮にアルファがフェロモンに当てられてオメガを強姦してしまっても、責はオメガに問われるのだ。

「お前のフェロモンが俺に効かないのは、幸運だと思っているぜ。何しろ、本能のせいにしなくてすむ」

清武と鼓巳の間には肉体関係があった。もう何年も前からだ。その時、鼓巳は自分の性と世の中に絶望していて、この世から去ろうとしていた。それを繋ぎ止めてくれたのが清武なのだ。

鼓巳は一ノ葉会で高級娼夫をしている。それは、自分のフェロモンが特別強力で、周りのアルファの理性を皆奪ってしまうからだ。そんな鼓巳の特異体質は取引に有利に働くと、清武の父親――現在の一ノ葉会の組長である藤治《とうじ》が命じた。

「俺はいつまでもお前にこんなことをさせたくはないんだがな」

清武が鼓巳の手に自分のそれを重ねてきた。熱い手だった。

「俺のフェロモンが組の役に立つのならいい」

「まだあの時のことを気にしているのか」

「あの時だけじゃない。俺は何人もアルファを傷つけている」

「それはお前のせいじゃないと何度言ったらわかるんだ」

清武は鼓巳の顔に自分の顔を近づけ、低く囁く。だが強面の清武に睨まれても鼓巳は退かなかった。先に視線を逸らしたのは清武のほうで、彼は大きくため息をつく。

「お前の強情さには負ける」

こんな会話をもう何度も繰り返していた。清武はやれやれといった体でシートに身を沈めたが、やがて鼓巳の腰に手を回すとぐい、と引き寄せる。

「――――今日はどんなふうに抱かれた」

耳元に唇を寄せて囁かれる。耳孔をくすぐるような吐息と低い声に背中が震えた。抱かれたばかりなのに、身体の奥でまた新しい火種が灯る。

「いつもと同じだよ……。身体中触ってきて、乳首を吸われて……」

ネクタイを解かれ、ボタンを外されたシャツの間から清武の長い指が入ってきた。無骨なそれが鼓巳の肌を這い回ると、その刺激ではあ、はあと息が乱れてしまう。道路は渋滞しているらしく、スモークガラスの向こうですぐ近くをのろのろと走っている車が見てとれた。

「ああ、ぅうんっ……」

広げられたシャツからのぞく薄赤い乳首を口に含まれて、鼓巳は思わず声を上げる。舌先で舐め転がされ、吸われると、指の先まで甘く痺れそうになった。

「他の男の匂いがする」

ちゃんと身体を洗ってきたのに、清武はそんなことを言う。

「ここも少し膨れているな。そんなに吸われたのか？」

「は、あっ、あんっ、んっ……」

ちゅううっと音を立てて吸われ、びくんと上体が跳ねた。けれど清武の腕で腰を強く抱かれているので、逃げられない。

彼はよく、鼓巳の仕事の後に、どんなふうに抱かれたのかを聞き出して、その手順通りに抱こうとしてくる。まるで他の男にされた行為を丁寧に上書きするかのように。

「あっ、あっ！　……そんな、きつく…っ」

じゅるっ、と吸われると、全身が痺れた。同じ行為でも、清武にされるとひどく感じてしまう。ぷっくりと膨れた乳首を舌先で何度も弾かれて、たまらなくなって背を反らした。

「あ…あ――〜っ」

「……それから？　次は？」

「…し、下を…握られて、扱かれて……」

清武の手が鼓巳のベルトを外し、中のものを引きずり出す。そこはもう先端を潤ませていた。そして清武の指が絡みつき、その外見からは意外なほど優しく肉茎を扱き出す。淫靡《いんび》に、執拗に。

「あっんっ、んふぅうっ、んっ」

「先っぽ、もうぐっしょりだな」

「ああ…っ、だって…、きもち、ぃ……っ」

くちゅくちゅという音を立てて擦られると、腰が浮き上がってしまう。

「裏筋苛められるの好きだったよな?」

「んっ、んっ、すき…ぃ…っ」

指の腹で、まるで乳搾りでもするように下から上へと扱かれた。鋭い快感が腰から背中へと駆け上がっていく。車の中で開かれた膝を閉じることもできず、鼓巳は清武の指に嬲《なぶ》られて喘いだ。前方にいる運転手の原田は、こちらのことをまるで認識していないかのように無反応で運転している。

「鼓巳、それから?」

「あっ、あっ、……っそこ、舐められて…、あと、後ろ、ゆび、一緒に……っ」

肩が押されて、シートの上に倒れ込む。ズボンが片側だけ脱がされて、清武の頭が鼓巳の脚の間に埋められた。

「あ、ぁんんんっ」

自身が熱くぬめった感覚に包まれ、舌を絡められて吸われてしまう。まるで身体の芯が引き抜かれるような快感に、シートの上で大きく仰け反った。そして双丘を割られ、まだ柔らかい窄《すぼ》まりに清武の指が入っていく。

「ぁんう――――～～……っ」

前後を同時に嬲られる卑猥な音が車内に響いた。前を吸われながら、肉洞の中を指がくにくにと蠢《うごめ》いていく。

「あっイくっ、イくっ！」

そうされると鼓巳はひとたまりもなく、極みに追い上げられた。

「お前はほんと、前と後ろ一緒にすると弱いよな」

「だ、だって、どっちも、感じる……っ」

「どっちも気持ちいいんだよな。いいぞ、イけよ」

前をじゅるじゅると吸われながら後ろの指も動かされて、鼓巳は一際高い声を上げて絶頂に達した。やや薄くなった白蜜が清武の口の中に放たれる。

「……鼓巳、後ろからだ」

息を荒らげていた鼓巳はその声でのろのろと身体を起こし、助手席の背もたれに掴まった。

座っている清武の両手が腰を掴む。後孔の入り口に、彼の怒張が押し当てられた。

「よし、挿れろ」

「ん、ん……っ」

尻を突き出した鼓巳がゆっくりとそれを下ろし、長大な清武の男根を呑み込んでいく。

「あ、あんっ…あっ、は、はいって、くる……っ」

肉環をこじ開けられ、太いものが這入《はい》ってくる時の感覚がたまらなくて、震える指が背もたれに食い込んだ。すぐ斜め前で原田が無言で運転している姿が目に入り、居たたまれなさに目を閉じる。

「……そうだ。残さず全部食えよ」

背後の清武は鼓巳の尻を優しく撫で回していた。彼の目には、自分の男根を咥え込んでいる鼓巳の孔が丸見えに違いない。そう思うと羞恥と、そして灼けるような興奮に襲われてしまうのだ。

「いい子だ。全部呑み込んだな」

「はっ……、はあっ……」

中に清武が入っている。それだけで鼓巳の媚肉はあやしくうねった。

「よし、動け」

「ん……っ」

鼓巳はゆっくりと腰を動かす。ぬぷ、ぬぷという音と共に、肉洞の中を清武のものが抽送していく。頭の中が痺れそうだった。

「あっ…、あっ…、あぁぁあ…っ」

「さっきの男のモノと、どっちがいい」

「んあぁ…っ、こ、これがっ……、清武のがいい、よ…っ」

本当のことだった。彼のものが中を抉る度に、そこから熔けていきそうな快感が生まれてくる。清武は他の男とは全然違うのだ。

「お前は本当に、可愛い奴だな」

大きな手で双丘を揉まれると、中が刺激されて快感が大きくなる。

「そら、ここか？」

先端の張り出した部分で肉洞の中の弱い場所をひっかかれ、下半身に力が入らなくなる。鼓巳は必死で背もたれに縋《すが》りつき、快楽に咽《むせ》び泣いた。

「あ、ぁ…あっ、す、ごい、イくっ…いくっ……！」

「そうだな。そろそろ家に着く。イっていいぜ」

内壁が不規則に痙攣する。彼のものを締め上げている媚肉を振り切るように、男根が容赦なく突き上げてきた。潤沢な愛液をたたえる肉洞を抽送される度に、ぱちゅぱちゅと音が響く。

「あっ、あっ、あっ！」

鼓巳の背中が弓なりに反り返った。

「んあぁぁあぁ」

「ぐ、…っ！」

内部にしたたかに吐き出された清武の精が鼓巳の腹を満たす。だが鼓巳が孕むことはない。こんな仕事をしていれば、当然避妊薬を服用している。

「は……っ、はあっ」

いつか、彼の子を孕む日が来るのだろうか。だがそれは、身体を売ることがなくなるということだ。今の状況ではそれは難しい。そもそも、自分達は番《つがい》ですらない。

「鼓巳」

「んん……んっ」

顎を捕らえられ、口を塞がれる。鼓巳の舌を貪る清武からは、確かに自分に対する執着を感じられた。

(今はこれだけでいい)

絶頂に痺れる頭の片隅で、鼓巳はいつもそんなことを思うのだ。

鼓巳の母は一ノ葉会の組長・一ノ葉藤治の愛人だった。藤治の愛人になる前からすでに鼓巳がいて、鼓巳は藤治の子ではないが、彼女はその美しさと妖艶さから藤治に見初められることになる。その藤治の屋敷で、清武と出会った。

「――こんなところまで来ないでちょうだい！」

鼓巳が一ノ葉の家に来たばかりの頃、広い邸宅で迷ってしまったことがある。廊下をふらふらと歩いていると、正妻の菊子《きくこ》が現れて鼓巳の姿を見るなり尖った声を上げた。

「ここは、正式な一ノ葉の者だけが使用する場所です。あなた方は奥から出てこないで！」

「す、すみません…！」

鼓巳は母と、この一ノ葉の家に迎えられた。藤治は愛人とその子供を自宅に住まわせたのだ。

一ノ葉の邸宅の奥に居住の部屋を与えられ、まるで大奥のごとく藤治は母の寝室に通った。鼓巳は母の寝室のドアが開く気配を感じ取る度に、息を殺して過ごすことになった。

「迷ってしまったんです。広いお家なので――」

「言い訳は結構。お前もあの女と同じで、我が物顔で家の中を歩くようになったのね」

どうやら母は奥から一ノ葉の人間が住まうスペースまで出てきているらしい。それでも菊子は他の人間がいる前では鼓巳達に表立ってきつい態度を取ったりはしなかったが、今は鼓巳しか目の前にいない。彼女の口調は次第に詰問調になった。

「本当に図々しいこと。だいたい、うちの人のおかげであなた達はいい生活ができているということを、わかっているのかしら」

鼓巳は俯いて菊子の攻撃的な言葉を受けている。嵐が過ぎるのをじっと待っていた。だがそんな鼓巳の態度がよけいに菊子の神経を逆撫でする。

「ちゃんとわかってるのっ」

鼓巳の頬に平手が炸裂した。痺れるような痛みが走って、鼓巳は思わず菊子を見やる。

「何よその顔。本当にオメガっていう奴らは…っ」

苛立たしげな言葉が漏れて、菊子の手がもう一度振り上げられた。鼓巳は反射的に目を瞑《つぶ》ったが、その時、若い男の声が聞こえる。

「──やめろよ、おふくろ」

「っ…！」

突然割って入ってきた気配は鼓巳をひどく驚かせた。顔を上げると、一人の青年が菊子の背後からその手を掴んでいる。

「そいつに当たったって仕方ねえだろうか」

「……離しなさい、清武っ」

（あ……）

清武さんだ。

一ノ葉の一人息子で、次の組長となることが決まっている人。鼓巳は離れた場所からしか見たことがなかった人物が、すぐ目の前にいることに鼓動が跳ねた。

裏社会に生きていなければ、俳優にでもなっていたのではないか。そう思わせるほどの男ぶり。だが、堅気の人間からは感じられないような鋭利な雰囲気をこの頃から纏《まと》っていた。

「愛人が堂々と家の中を歩いているってのが面白くねぇのはわかるよ。だがこいつは関係ねぇ。ただ母親に引っ張られてきただけだろうが」

清武にそう告げられ、菊子は腕を振りほどくと、ふんっ、と息を吐き出した。

「私にも面子《メンツ》ってものがあるのよ」

「こいつに絡んでも、おふくろの面子は立たねぇよ」

清武の言うことが正論だと思ったのか、菊子はじろりと鼓巳を睨みつけると、無言でその場を去ってしまった。後には清武と二人だけがその場所に残される。

「あ、の…、ありがとうございました」

鼓巳は慌てて頭を下げた。彼はいずれ一ノ葉の頂点に立つ人間だ。失礼があってはならない。

「――お前、名前なんて言ったっけ」

「鼓巳、です……」

「そうか、鼓巳、おふくろが悪かったな。許してやってくれ」

「いえ、そんな…！　俺が悪かったので」

清武ほどの立場にいる人間が鼓巳に謝ったことに、彼の度量の広さを感じ入った。彼に視線を向けられると、胸がどきどきする。

「んん？　ただ迷子になっただけだろう？」

どこから話を聞いていたのか、彼はそんなふうに言った。

「そう、ですけど……」

なんと言っていいのかわからず、鼓巳は俯いてしまう。何か言わなければと思うのに、言葉が出てこない。そんな鼓巳に清武は言った。

「なあ、戻る前に、ちょっと俺の部屋に来ないか」

「えっ⁉」

びっくりしてしまって、鼓巳は顔を跳ね上げる。

「だ、駄目です、そんなことしたら、また……」

「怒られやしねえよ。俺がそんなことさせねえ」

「……」

「これから兄弟になるんだ。仲良くしたって何も悪かねえだろ」

「……仲良く」

「ああ、嫌か？」

そう言われた時、鼓巳は強く首を横に振っていた。

「なりたい、です、仲良く」

清武は笑った。びっくりするほど優しい笑みだった。

「よし、じゃあ行くか」

肩を抱かれる。その手の温かさに、びくりと身体が竦んだ。けれどそれは安心できる感覚で、すぐに力が抜けてしまう。

清武の部屋は家屋の最上階にあった。広い部屋で、いい具合に雑然としている。居心地のいい部屋だと感じた。

「そのへん、適当に座れ。飲み物は――、悪い、酒しかねえ。水でもいいか？」

「あ、すみません。何でもいいです」

冷えた水のペットボトルが差し出され、緊張しながらそれを受け取った。緊張状態が続いていたため喉が渇いている。冷たい水が喉に心地よかった。

「そうだ。俺は名乗っていなかったな。清武だ」

「知っています」

この家にいる者で彼を知らない者はいないだろう。鼓巳の母も、あれはいい男だと言っていた。藤治の目を盗めたら相手をして欲しい。息子の前でそんなことを言っていた。

「まだ小学生か？」

「はい」

「そうか。大変だな。こんなとこ連れて来られて」

「……いえ」

清武の言葉には、他意はなさそうだった。彼は自分が生まれた家がどういう世界にあるのか、よく知っているようだった。当たり前だ。彼はもう大人なのだから。

「母さんを引き受けて下さって、感謝しています。オメガは一人では生きていけないみたいなので」

「お前、バースは？」

「まだわからないんです」

「ふうん」

「清武さんは、アルファですよね」

「まあな」

彼は何の気負いもない声で答えた。彼にとっては、自分が優位種のアルファであることは、当たり前のことなのだろう。

「ていうかお前、敬語で話さなくていいぜ。俺のことも清武って呼べ」

「えっ⁉」

鼓巳はひどく驚いてしまった。

「そんなことできないです」

「だって俺達はもう兄弟だろう。俺のおふくろは、アルファの俺を産んだらそれですっかり満足しちまったみたいでな。一人っ子はつまらない」

だから弟が出来て嬉しいと清武は言った。

清武はそんなふうに、一足飛びに距離をつめてきたが、鼓巳はそれに戸惑いを覚えこそすれ不快には感じなかった。それどころか、こんなに素敵で立派な男の人が鼓巳のことを弟だと言う。そのことが、嬉しくてならなかった。


鼓巳のバースが判明するのは遅かった。大抵は第二次性徴期までには判明するが、鼓巳の場合は高校に上がっても判明しなかった。そして当時、鼓巳は母親を亡くしたばかりだった。オメガのみがかかる病気で、彼女は亡くなった。

「……そうか」

「オメガに生まれて、それがもとの病気になるなんて、母さんもついてないな」

病院の一室で、鼓巳は見舞いに来た清武にそう打ち明けた。

あと、ストレスとかも原因になるみたいだ。鼓巳はその言葉を飲み込む。母は、藤治の正妻との折り合いがよくなかった。母は藤治の寵愛をいいことに、正妻の菊子を敬うということを怠った。こういった世界では風当たりが強くなる行為だ。菊子はベータであり、容姿的には平凡の部類に入る。だが彼女はどちらかと言えば美しさよりも実務に秀でていた。正妻には、組をしっかり見ていてもらいたい。藤治はそういう考えだったようである。鼓巳はそんな母の元で、一ノ葉の家ではやや片身の狭い思いをして育った。だが、正妻の息子である清武は、鼓巳に優しくしてくれた。いかにもアルファ然としている彼は昔から堂々としていて、そんな清武は鼓巳を本当の弟のように扱ってくれたのだ。

「大丈夫だ、鼓巳。俺がついている」

不安気な表情をしていたのだろうか。たった一人の肉親の喪失の予感に怯える鼓巳を、清武が抱きしめてくれる。

「俺がいる。お前と俺は兄弟みたいなもんだろ」

「うん……、そうだね。ありがとう」

思えばその頃から、彼に対して淡い想いを抱いていたのかもしれない。

母親が亡くなり、鼓巳は一ノ葉の家で孤立することを覚悟していたが、清武がうまく立ち回ってくれたのか、そうはならなかった。藤治も血の繋がらない鼓巳に対する態度は変えなかった。鼓巳は学校の成績がよかったこともあり、きちんとした教育も受けさせてくれた。菊子も母が亡くなったことでやや同情した面もあり、幾分かのよそよそしさはあったが、冷たく当たられることももうなかった。

「これからはこの世界も学歴が物を言う。賢いやり方が必要なんだ。お前は頭で組を助けろよ」

藤治がそう言ってくれたのはとても嬉しい。ここには自分の居場所がある。鼓巳はそう思って勉強に励んだ。

「それにしてもお前、まだバースがわからないのか」

「うん」

清武に勉強を見てもらっている時、彼がふいにそんなことを聞いてきた。

「年末に検査したけれど、まだわからないって」

「ふうん」

清武は首を傾げる。

「お前の本当の父親はどうだったんだ？」

「ベータだって聞いてたけど」

「ベータとオメガか……」

「だから、多分ベータなんじゃないかと思う」

オメガが生まれる確率はさほど高くない。片方がオメガであっても、相手がベータならまずベータが生まれる。それに、アルファとオメガは、比較的早い段階からバースが判明するはずだった。

「お前は綺麗だし、もしかしたらオメガなんじゃないのか」

「……まさか」

自分がオメガだったら。その可能性はないとは言えないが、鼓巳は否定したかった。オメガの生きにくさは母親を見てよく知っている。一生抑制剤や避妊薬を服用し、発情期を気にして生きていかねばならない。番を見つければアルファを誘惑するフェロモンは抑えられるが、自分にそんな相手が見つかるとは到底思えなかった。

――けれど、もし、自分がオメガだったら。

目の前にいるアルファを、鼓巳は息を殺して盗み見た。

（もし、彼と番になれたら）

――ありえない妄想だ、そんなことは。

彼はこの一ノ葉をしょって立つ男だ。自分を番になどしてくれるはずがない。

（そもそも、俺がオメガではない確率のほうが高い）

だがそうすると、いつかは自分のオメガを見つけて番《つが》う彼の姿を見なければならなくなる。

それを思うと胸の奥が軋むのを、鼓巳はいつしか気づいていた。


ある年の終わり、ちらほらと雪が舞う日だった。一ノ葉会は屋敷に幹部や構成員を招いて納会をすることになり、鼓巳もその準備に追われていた。鼓巳に命じられたのは、納会が始まるまでの構成員の控え室の担当だった。仕事内容としては簡単なもので、用意された軽食や飲み物に不足がないか確認し、あれば厨房に指示を出すというものだった。

その日、鼓巳は少々熱っぽく、だが体調が悪いわけではなかったので納会に出るつもりでいた。控え室に顔を出すと、構成員が鼓巳に挨拶をしてくれる。

「鼓巳さん、お久しぶりです」

「ご無沙汰してます。何か足りないものがあれば言ってください」

「はい、ありがとうございます」

彼らは皆鼓巳に対して敬意を払ってくれていた。死んだ愛人の子ではあるが、今の鼓巳は一ノ葉の人間なのである。

「――――」

ほう、と息を吐く。なんだか身体の中が熱い。熱が上がったのだろうか。

「鼓巳さん、なんだか顔が赤いですよ」

「すみません、大丈夫です。風邪を引いたのかもしれないですけど」

「そいつはいけねえ。薬は？」

「飲んできます」

他人にうつしてはいけないと、鼓巳が部屋を出ようとした時だった。

身体の奥で、何かがどくん、と跳ね上がる。

（――え？）

体内で熱の塊がぐるん、と回転したみたいな感覚だった。それから指の先までカアッと熱くなって、何かがもの凄い勢いで押し寄せてくる。

「あ、あ――？」

「鼓巳さん！」

――身体が書き換えられていく。

あれはそんな感覚だった。

力が抜けてがくりと膝を折る鼓巳を、話していた構成員が抱きかかえた。その瞬間、生まれたばかりのフェロモンがふわりと襲いかかる。アルファであった構成員に。

「――う」

鼓巳はその瞬間にオメガとなったのだ。そして、バースが決定して初めてのフェロモンはひどく濃いものになる。煮詰めた甘い花のような香りがそこいらに漂った。

「つ、鼓巳——さん」

男の顔が歪む。何かと必死に戦っているような表情だった。だが、鼓巳のほうも自分の肉体に突然起こった出来事に対応できないでいる。頭が沸騰したように熱くなり、パニックを起こしかけていた。

そしてその場には、アルファのバースを持つ者が何人かいた。鼓巳が任されたのは、幹部クラスを多く含む控え室だったのだ。

「ああ——！」

乱暴に腕を掴まれ、上着やネクタイを剥ぎ取られる。鼓巳が覚えていたのはそこまでだった。

気がついた時には、病院のベッドに寝かせられ、すぐ側には清武がいた。

「気がついたか」

「……清武……？」

彼の顔には重々しい表情が浮かんでいる。いったい何があったのだろうか。

確か、そう、あの控え室で、突然身体が熱くなって——。

「何があったか覚えているか」

「……何？」

覚えていない、と鼓巳は首を横に振る。清武はそうか、と言って黙り込んだ。

「俺、どうしたの……？　何があったの？」

「――あのな」

彼は決意したように口火を切る。

「お前は発情したんだ。あそこで。今は抑制剤を打ってもらっている」

「え？」

腕に目をやると、点滴に繋がれていた。

「鼓巳はまだバースがわかっていなかっただろう。さっき、わかったんだ」

嫌な予感がする。その先は聞きたくなかった。だが、清武の言葉は続く。

「お前はオメガだったんだよ、鼓巳」

「――」

正直を言うと、さほどの驚きはなかった。ああやはり、という思いに包まれる。

俺はオメガだった。母さんと同じだ。ずっとどこかで諦めや予感のような思いがあって、それを今目の前に突きつけられた。だが。

「――え。あの場に、アルファの人いたんじゃ……」

オメガのフェロモンはアルファの凶暴性や性欲を誘発する。もしも鼓巳がオメガだったのなら、あの時の自分は爆弾のようなものだったはずだ。

「今は自分のことだけを考えろ」

「どうなったの、清武！　ねえ、あそこにはいたはずだよね！」

清武は答えなかった。鼓巳の背に氷のように冷たいものが走る。さっきはあんなに身体が熱かったのに。

結論から言うと、鼓巳が発情した時、あの場所では血が流れた。フェロモンにあてられて鼓巳を襲おうとした者同士が争い、またベータで鼓巳を守ろうとした者も巻き込まれた。

「死人は出なかった。それは幸いだった」

「……俺、なんてことを……」

「お前のせいじゃない。お前があそこで発情するなんて、誰も思わなかった」

清武は鼓巳をかばってくれる。だが、そうではない。鼓巳はまだバースがわからず、オメガになる可能性はあったのだ。

「だとしたら、お前をあの部屋に配置した俺の責任だ」

「違う。俺が自分で気をつけるべきだった」

自分は取り返しのつかないことをしたのだ。鼓巳を信じてあの場を任せてくれた清武の信頼を裏切り、組に忠実に尽くしてくれる構成員達を傷つけた。

「落とし前をつけないと」

過失を犯してしまったのなら、罰を受けなければならない。それはこの世界に生きる者のルールだった。

「お前は筋モンじゃない、そんなことを考えなくていい」

「そういうわけにはいかないよ。清武だってわかってるんだろう！」

鼓巳が思わず声を荒らげると、清武は黙り込んだ。彼は組長に一番近い場所にいる男だ。鼓巳をかばい立てすれば、彼にも責が及ぶかもしれない。

怖い。だが、逃げるわけにはいかないし、どうせ逃げられない。

「父さんのところに連れていって」

「鼓巳」

「お願いだから――――。せめて、自分から向かわせてよ」

身体の震えが止まらない。恐怖のためだ。清武に迷惑をかけたくないという一心だけで堪えている。

清武の、膝の上に置かれた拳が固く握りしめられる。男らしい眉間に深い皺が刻まれた。

「――――わかった」

苦々しい声が彼から発せられる。こんなに苦しそうな声を聞いたのは初めてだった。

「動けるなら、行こう――――。親父のところに」

鼓巳はもう長い間低頭し、畳に額を擦りつけていた。

「今回のこと、申し開きもございません。何なりとご処分願います」

座敷の上座には一ノ葉会の頭である藤治が座していた。その横には清武がいる。妻である菊子は、怪我をした組員に付き添い、病院に行っているらしかった。平伏している鼓巳を前にして、彼はしばらく黙っている。

「――――まあ、なあ」

そしてようやっと、座敷にしゃがれた声が響いた。

「必ずしも、お前に過失があったわけでもねえ。何せ突然のことだったわけだからな。……だが、納会は中止、おまけに何人も病院送りになっちまった。この不始末、誰かが落とし前をつけなくちゃならねえ。それはお前にもわかるな？」

「はい」

「親父、鼓巳に責を負わせるのは、あんまりだ。こいつはまだこっち側の人間じゃねえ」

「だが、一ノ葉の人間であることは変わりねえだろうがよ」

清武の言葉を、藤治は黙らせた。彼はぐっと声を呑み込み、悔しそうに鼓巳を見ている。

「指の一本で許してやろうとも思ったが、それよりももっと、こいつに合った落とし前があることに気がついたのよ」

「……」

鼓巳は身体を硬くしてその沙汰を待つ。

「鼓巳。お前はこれから、うちが取引をする時に接待をやれ」

「……？」

藤治の言葉の意味がわからなくて、鼓巳は微かに顔を上げた。

「わかるか？　もてなすんだ。お前のその、オメガの身体でな」

「――親父！」

「……！」

その意味がわかった時、清武は鋭い声を上げ、鼓巳は息を呑んだ。

「お前は母親に似てツラもいい。きっと身体も極上だろう。お前が病院にいる間に血液検査をしてもらったが、どうやらお前のフェロモンはアルファの奴にひどく効果があるらしい。特異体質って奴か。時々そういうのが生まれるらしいな。お前のために、うちの精鋭が殺し合いかけたくらいだからな」

鼓巳は唇を噛んだ。これが自分に与えられた罰か。

「――承知いたしました」

両手を揃え直し、鼓巳は深々と頭を下げる。

「その落とし前、つけさせていただきます」

「……鼓巳……！」

「よく言った」

これでいい。おそらくこれで、清武に責が及ぶことはないだろう。オメガとしての身体などどうでもよかった。後は、こちら側の人間であるということを示すだけだ。

「――ひとつ、お願いがあります」

「何だ」

「俺の身体に、刺青を入れてください」

鼓巳のこの発言には二人とも言葉を失ったようだった。

「そりゃあ構わねえが、一度入れたら簡単には消せねえぞ」

「わかっています。これは俺の、けじめのようなものなので」

藤治はふむ、と顎に手をかけて考えるような素振りを見せる。その時、清武が口を開いた。

「――親父、それは俺にまかせちゃくれねえか」

「あん？」

「鼓巳の身体に入れる刺青の手配と、ウリをやらせるなら仕込みもしないとならねえだろう」

鼓巳は微かに瞠目した。

藤治はしばし自分の息子を見ていたが、やがて肩を竦めるように頷く。

「お前は昔っから鼓巳鼓巳と、こいつの面倒を見ていたからなあ」

清武は廊下で鼓巳を助けたあの日から、鼓巳の本当の兄のように振る舞っていた。勉強を見てくれ、体調を崩した時などは何かと気遣ってくれた。

「それは間違っちゃいねぇが。鼓巳のことはちゃんと見ていてやらなくちゃならねぇ。それには、オメガのフェロモンに耐性のある俺が適任だろう」

「……まあな」

清武はオメガフェロモンに耐性がある。アルファはオメガのフェロモンには逆らえないが、清武にはどういうわけか影響がなかった。彼もまた、特異体質というやつなのだろう。だから、彼は発情した鼓巳の側にいても平気なのだ。

(清武は、あんな失態をしでかした俺のことを見捨てないでいてくれている)

そう思うだけで、鼓巳は嬉しかった。これからどんな目に遭おうとも耐えられると思った。

今の自分がこんなことを思うのは許されないのかもしれない。けれど鼓巳は、この胸の昏い悦びを消すことはできなかったのだ。

「――――どうです、この仕上がり」

鼓巳はほとんど裸で、清武に背中を向けて立っていた。

「図案も彫る位置もちょっといつもと違っているが、何しろ地肌がすごくいい。腕が乗ったよ」

鼓巳の肌を彩る蛇と牡丹の刺青は、彫り師にとっても会心の出来だったらしい。

「ああ、いいな。まるで生きているような蛇と牡丹だ」

彫り師は合わせ鏡で鼓巳にも彫り物を見せてくれた。鏡越しに見えたそれに、鼓巳は思わず目を奪われる。

育った環境から、鼓巳は刺青を目にすることが多々あった。最近は刺青を入れない者も増えてきたと聞くが、一ノ葉の男達は、藤治も清武も見事なものを背負っている。菊子も観音を彫っていると聞いた。

清武の刺青は鬼の彫り物で、初めて見たのは一緒に風呂に入った小学生の時だったが、その迫力に思わず泣きそうになってしまったものだ。

だが今は、彼の彫り物を美しいと思っている。あの、今にも人をとって喰らいそうな鬼の形相は、清武の強さを、彼の猛々しい魂をそのまま表しているようにも思えた。

「美しいな」

清武の口から、陶然としたようなつぶやきが漏れる。鼓巳は気恥ずかしさで思わず目を伏せた。だが、嬉しい。

「施術の痛みにも音を上げなかった。根性も座っているよ」

「……清武がいてくれたからです」

肌に針を刺す時には、常に清武が側にいてくれた。苦痛に顔を歪めると彼が手を握ってくれて、そのおかげで鼓巳は泣き言を漏らさないでいられた。

その苦痛は確かに大きかったが、鼓巳は耐えた。この世界に生きるのならば、多くの者が通る痛みだ。それに、自分への罰だと思えばなんということもなかった。


「次は仕込みだ」

清武の言葉に、鼓巳は頷いた。清武が個人で持つ山間の別荘は静かで、周りにはあまり家も商業施設もない。冗談で『殺されるのかと思った』と言ったら軽く小突かれ、『しゃれにならないことを言うな』と窘《たしな》められた。

車に乗せられてここに連れてこられたが、彼はここで自分と過ごすつもりなのだろうか。だとしたら少し嬉しいなと思った。

「……本当にわかってんのか」

「わかってるよ。客を取るためでしょう」

そう答えると、清武は顔を顰《しか》める。そんな彼の仕草に少し傷ついてしまった。

「俺なんかに触るのは嫌かもしれないけど」

「何言ってる」

和モダンの別荘はシンプルで、極道の家にありがちな華美な感じがしない。こんな静かな場所では、いっそ近くの渓流で釣りでもして過ごすか、日がな一日本でも読んでいるのが似合いのような気がした。風呂は広くて清潔で、昼間に入ると天窓からの日差しが心地よい。

本当にこれから、清武に抱かれるのか。

こんなことを思ってしまう自分は覚悟が足りないように思えて、鼓巳はバスタブの中で膝を抱え込む。

馬鹿なことは考えないほうがいい。彼はただ、これから客を取らなければならない鼓巳のために、性の手管を教えてくれるだけだ。

鼓巳は気持ちを切り替えてバスタブから立ち上がり、浴室を出た。寝室に行くと、先に風呂をすませていた清武がバスローブに身を包み、煙草をくわえて窓の外を見ている。

「清武」

「おう」

彼は鼓巳を見ると、窓辺から離れキングサイズのベッドに腰掛け、手招きをした。彼と同じバスローブ姿の鼓巳は、素足で彼の元に歩いて行く。腕を引かれ、膝の上に抱え上げられた。

「あ……」

「いい匂いだ」

首筋に顔を埋められて囁かれる。心臓の音がどきどきして、きっと清武にも伝わってしまうだろう。いったいいつの頃から彼にこんな感情を抱くようになったのだろうか。思慕の念だけではなくこんな浅ましい肉欲まで。

鼓巳は最初の忌まわしい発情から、二回目の発情期を迎えていた。もちろん抑制剤は服用してはいるが、どうも鼓巳は抑制剤の効き目が悪い。こんなことからも、危なくてアルファの前には出せないと藤治に言われた。

だから鼓巳は数日前から身体が熱っぽく、腰の奥の鈍い疼きに悩まされている。清武が鼓巳をここに連れ出したのは、そのための措置でもあった。

「お前の匂いを嗅ぐと凶暴になる、か。俺にはわからん」

「……それなのに、こんなことに付き合ってくれるの？」

興奮していないと言われたようで、少しがっかりしてしまう。だが彼は鼓巳の腰をぐっ、と自分のそれに密着させた。

「早とちりをするな」

「っ」

触れ合った熱さと硬さに息を呑む。そこはしっかりと勃ち上がり、脈打っていた。

「フェロモンなんかに頼らなくとも、俺はお前に欲情している」

「清武……」

視界が半回転し、ベッドの上に組み敷かれる。バスローブの帯がしゅる、と解かれた。

「兄弟同然で育っておきながら、俺はお前とずっとこうしたいと思っていたんだ。……幻滅したか」

耳を疑うような言葉に身体が震えた。オメガの特性なのか、好いた男の子供を孕みたいと下腹が疼く。だが今の鼓巳にはそれは許されない。先日から避妊薬を服用していた。

(そんなこと思わない。俺もずっとこうされたいって思ってた)

胸の内の言葉は秘めておく。今伝えても彼を困らせるだけだと思った。清武が鼓巳に欲情を覚えているのなら、それだけでいい。

「……これからどうせ、嫌ってほど男と寝るんだ。それなら少しでも愉しめたほうがいいだろう。だったら、俺が教えてやりたい」

清武はそう言って、鼓巳の唇を奪った。初めての口づけ。熱く弾力のある舌が口の中に入ってきて、粘膜を舐め上げてくる。それはとても気持ちがよかった。

「……ん、ん……っ」

「もっと舌を出せ」

「あ、ふ……っ」

くらくらし始める頭で清武の指示を理解し、わけもわからないままに舌を突き出す。ちゅる、と音を立てて吸われてしまうと、頭の中が蕩《とろ》けていきそうだった。

（なんだ、これ）

今まで抱いたことのない感覚に鼓巳は戸惑いつつも、どこかで納得していた。

これは、彼だからだ。アルファとオメガがどうとかじゃない。清武にされているから、自分はこんなになってしまうのだ。

「…ん、ん――――…っ」

キスをしている間にも清武の手が身体中を這う。その度に甘い刺激が湧き上がってきて、ひっきりなしに身体を震わせた。

「……は、はあ……っ」

「……どんな感じだ」

清武の声も若干上ずっている。彼が自分とこんなことをして、少しでも興奮してくれているのなら嬉しいと思った。

「な、なんか、変…っ、身体、じんじんして…っ」

胸の上にある二つの突起が興奮と刺激で硬く勃ち上がっている。清武の指先でそれを転がされ、くにくにと押し潰されると、そこから耐えがたい、はっきりとした快感が生まれて広がった。

「あ、あは、あう」

「ここがいいのか」

「や…っ、あ、あっ、あはぁあ」

そんな場所がこれほどの快感を生み出すなんて知らなかった。ヒート期間だからだろうか。

「んん、はぁああっ」

胸の先に突然強烈な快感が走る。清武が乳首を口に含み吸い上げたのだ。乳暈ごとしゃぶられ、舌でねぶられると、我慢できない、あられもない声が漏れてしまう。

「あっ、あっ、んんあぁあぁ…っ、んんっ」

「すごく硬くなって、尖ってきたな……。いやらしいじゃないか」

「あ、んはぁっ、そ、んな、舐められ……たらっ」

舌先で乳首を何度も弾くように虐められ、たまらなくなって背中を浮かした。だがそうすると、乳首を清武のほうに差し出すような格好になってしまう。

「可愛い乳首だ」

「あっあんんんっ！」

感じる突起を思う様ねぶられて、恥ずかしい声が止まらない。自分の身体が熱せられたバターみたいに溶けていくのがわかった。身体の奥が濡れる感覚がして、内壁がヒクつく。

「あっ…あ、あっ、そこ、ばっかり……っ」

清武は鼓巳の乳首ばかりを執拗に愛撫した。今度は反対側をしゃぶられ、もう片方は指先でくにくにと揉まれる。

「ここは嫌いか？」

「き、気持ちいい、けど、あぁ…っ」

「お前が悶えるのが可愛くてな……。もう少し苛めさせてくれ」

そんなことを言われたら、もう抗えない。乳首を吸われる度に腹の奥がきゅうきゅうする感覚に耐え、尻を浮かせて震えた。乳首と腰の奥の感覚が繋がって、触れられていない肉茎にもはっきりとした快感が送り込まれる。

「こんなに腫れちまったな」

清武の愛戯によって、鼓巳の乳首は乳暈からぷっくりと赤く膨れ上がっていた。すっかり勃起してしまった突起は、じんじんと脈打っている。もうそっと舌先で転がされるだけでたまらない快感が込み上げてくるのだ。

「あぁ…あ！」

ぞくん、ぞくん、と背筋がわなないた。何かが身体の底から来る。鼓巳は我慢できずに、浮かせた腰を上下させた。

「あっ、あっ！　い、いっ…く、んん、あぁぁあ――〜〜っ！」

乳首だけを責め続けられた鼓巳は、とうとうそこだけで果ててしまう。全身を仰け反らせ、シーツを掻きむしるようにして何度もびくびくと跳ねた。股間の肉茎からとろとろと白蜜が溢れ出す。

「っ、〜〜っ、ふ、あぁ……っ！」

清武はイっている最中の鼓巳の乳首をなおも指先で優しく撫で回すので、達した後も快感が尾を引いてしまう。ましてや性器で極めたわけではないので、肉体の芯がもの凄く切なくなった。

「あっ、あっ、…清、武、だめ……っ！」

「……可愛い」

「ひ、ひぅう…っ」

清武は余韻に悶える鼓巳の肌を撫で回す。変なイき方をした鼓巳は、それだけでびくびくと全身をわななかせた。内股を撫で上げられ、足の付け根を辿られると、濡れた肉茎が苦しそうにそそり立つ。

「ここ、ヒクヒクしてるぞ」

「あっあっ！」

収縮を繰り返す後孔をなぞられ、肉洞が痙攣する。ヒートの身体はアルファの男根を欲しがっていた。

「まだ挿れないがな」

「な、なんで……っ」

早く挿れて欲しい。未経験にもかかわらず、鼓巳は早く中を埋めて欲しかった。

「お前に、俺のやり方を徹底的に覚えさせてやる」

「……っ」

これは鼓巳に客を取らせるための、いわば研修ではないのか。それなのにどうして、こんな、まるで自分のモノにでもするような真似をするのだろう。

清武の行動がよくわからず困惑していると、彼は鼓巳のすんなりと伸びた脚に舌を這わせてきた。ふくらはぎから足の裏を舐められると、くすぐったくて逃げたくなる。けれどがっちりと掴まれた鼓巳の足は、清武に思う様舐められた。

「あっ、あっ、あぁ…んんっ」

足の指を一本一本舐められ、更に指の股までしゃぶられて、鼓巳は快感ともどかしさに啜り泣く。

「もう、もう…っ、あああ……っ」

「焦れったいか」

「んっ、ん…っ」

こくこくと頷くと、清武は言った。

「なら約束しろ。誰に抱かれても、俺のことを忘れないと」

「っ、え……？」

それはどういう意味だろう。もうまともに考えられない頭で清武を見上げると、彼は一瞬、痛みを堪えるような顔をした。

「いや……、いい。待たせたな。悦ばせてやる」

「んっあっ…？　ああ、はあぁぁんっ！」

両脚が大きく開かされたかと思うと、その間に清武が顔を埋めてくる。そしてさんざん刺激を待ちわびたものを口に含んだ。鼓巳の腰がビクン！　と跳ね上がる。そして訪れる、強烈すぎるほどの快感。

「ああっ、くぅう――……っ」

自慰などで得られるものとは比べものにならないほどの快楽だった。じゅるじゅると音を立てながら肉茎を吸われると、身体の芯が引き抜かれてしまうような感覚に襲われる。鼓巳はひとたまりもなく絶頂に追い上げられた。

「あっあっ、それだめぇぇえ……っ！　あ――～っ」

もの凄い勢いで白蜜が精路を駆け抜ける。下半身が勝手にわななないて快感の強さを表した。

清武が口の中に放たれた鼓巳の精を喉の奥に嚥下する。

「は、あ…っ？　の、飲んだ、の……っ？」

「ああ」

当然のように答えて口元を舌で舐めている彼に、鼓巳は恥ずかしさのあまり、思わず腕で自分の顔を覆う。

「な、何考えてるんだよ……っ！」

「悪くない味だったぞ」

彼は軽く笑って、また鼓巳の膝に手をかけた。少し柔らかくなった肉茎を握られてぎくりとする。

「お前に気持ちよさをもっと教えてやりたい。もっと可愛がってやる」

根元からぬるり、と舐め上げられて、下半身全体がぞくぞくした。

「ああ、や…っ、ぁ、あ…っ」

達したばかりで鋭敏になっているそれを更に責められてはたまったものではない。腰骨が灼けつくような快感に何度も背中を反らせた。硬く張りつめるそれにねっとりと舌が絡みつき、ぬるぬると擦られてはしゃぶられる。

「んん、あ、はっ、あぁ…あっ」

「気持ちいいか？」

「んぅ…う、あっ、い、いい…っ、きもち、ぃ…っ」

きつく弱く吸われ、先端のくびれのあたりを舌先でなぞられ、ヒートの鼓巳は次第に恍惚となっていく。両の膝が勝手に外側に開いていった。もうどうなってもいいという衝動に支配され、快楽に従順になっていく。

「ああんぅぅう……っ！」

鼓巳はもういとも簡単に絶頂に達してしまった。顔の横の枕をぎゅうっと握りしめて唇を震わせる。

「あ、いく……いく、いい…っ！」

素直に快楽を訴えるようになった鼓巳の吐き出したものを、清武は今度は飲み下さず、そのまま秘部の最奥の場所に舌を伸ばした。舌に乗せた白蜜ごと、後孔をぴちゃりと舐め上げる。

「あ、ああっ…そこはっ……」

すでに濡れていたその場所は、白蜜と愛液とが混ざり合い、卑猥な音を立てた。清武は構わずに肉環をこじ開けるようにして舌を突っ込んでいく。

「あ、あ――～、だめ、だめ…っああっ」

そんなことをされたら、我慢できなくなる。もう、すぐにでも彼が欲しくなってしまう。

「ああ、うう…っ、…っや、いれて、そこ…っ、っもう、もう……っ」

「ああ…、ぐちょぐちょだな。これだけ濡れていたら、もう突っ込んでもよさそうだ」

清武はそう言った途端、性急な動作で鼓巳を組み敷いてくる。彼もまた我慢できなかったのだろうか。

「挿れるぞ」

「んっ……んっ」

早く、と鼓巳は彼の腕に縋る。次の瞬間、後孔に押し当てられたものにぐぐっ、と圧力がかかり、彼の凶器が侵入してきた。

「はあっ……！　あ、あ――――……！」

下腹がびく、びくと波打ち、鼓巳はその瞬間に達してしまっていた。自分の下腹にやや薄まった蜜液が迸る。

「……挿れただけでイっちまったのか。初めてだってのに、ヒートってのはすごいんだな」

「あんっ…ああ、あっあっ……！」

悶えながら清武にしがみいていると、大きな手が宥めるように頭を撫でていった。

「よしよし、もっと気持ちよくしてやるからな。……このぶんなら、手心をくわえなくともよさそうだ」

次の瞬間、入り口から奥のほうまでずうん、と突き入れられ、強烈な快感が突き抜けた。

「あひぃいっ」

頭の中で閃光が弾ける。身体の中がどろどろに熔けていくような感覚だった。指の先まで快感が走って、何も考えられない。

「あ――～っ、あ……っ！」

一突きされる毎にイっているような気がする。鼓巳の肉洞は初めてなのにもかかわらず、清武の男根を嬉しそうに受け入れ、奥へと誘って締めつけていった。

「……っ、なんて、身体だっ…！」

清武が何か言っている。だが鼓巳にはもうよく聞こえなかった。自分がどんな声を上げているのかすらわからない。これはヒートのせいなのだろうか。それとも清武にされているからだろうか。

「ああっ…、きもち…いいようっ…」

「俺もだっ…！」

清武が力強い腕で抱きしめてくる。たとえ他の男に抱かれるための仕込みだとはいえ、今この時、鼓巳は幸福だった。

やがて清武の精で腹の中を満たされると、身体中の細胞が歓喜に震えるような感覚を得る。

「鼓巳っ……！」

名前を呼ばれ、打ち震えて、鼓巳は白い闇の中に堕ちていった。

「――――そろそろ起きろ、鼓巳。もう昼だ」

声をかけられて、鼓巳は目を開けた。とても懐かしい夢を見ていたような気がする。

「どうした？　寝ぼけているのか？」

昨夜はあの後本宅ではなく、清武が所有するマンションのほうに帰り、そこでまた絡み合って眠りについた。

「昔の夢を見た」

「昔？」

清武はシャワーを浴びてきたばかりらしく、上半身には何も身につけていなかった。その背に彫られた鬼の刺青に、昨夜鼓巳は爪を立て、快楽に泣きながら咽び泣いていたのだ。

「初めて清武に抱かれた時の夢」

水をもらって、口をつける。冷たい感触が喉を潤していった。

「あの時から淫乱だったなって」

フェロモンが濃いと、性的な欲求も強くなる。アルファ殺しと言われるほどにフェロモンの強い鼓巳のヒートは苛烈だった。おまけに抑制剤の効きの悪い体質なので、時期によっては本当に、セックスのことしか考えられなくなる。まるで獣のようだと思った。

「鼓巳」

清武に呼ばれて顔を上げる。

「番になるか。俺と」

「――――」

何度か告げられている言葉だった。アルファの清武とオメガの鼓巳。本来であればそうなるのが自然なのだろう。鼓巳のしでかしたことと、彼の立場というものがなければ。

「無理だよ」

口の端を小さく引き上げて答える。これも何度か言っていた。

「俺は一ノ葉の娼夫なんだから」

そう言うと清武はムッとしたような顔になる。この表情を彼の部下が見たら、きっと震え上がるだろう。けれど鼓巳はちっとも怖くなんかなかった。彼はずっと昔から優しかったから。

「強情な奴め」

「清武に言われたくないな」

水のボトルを持ったまま、鼓巳もシャワーを浴びようとベッドから降りた。清武の隣を通り過ぎようとした時、腕を強く掴まれる。

「いいか」

彼は顔を近づけて言った。

「いつかこんな仕事から足を洗わせてやる。お前がフェロモンで誰を惑わせたっていい。俺がお前の発情を全部引き受けてやる」

「清武……」

こんなふうに言われると、鼓巳はほとほと困ってしまう。彼の言葉は嬉しかった。けれど、それは現実的ではない。彼の父である一ノ葉藤治は、それを絶対に許さないだろうからだ。

「お前、俺がいつまでも親父に逆らえないと思っているな？」

「そういうわけじゃないよ」

それは関係ない。清武はその気になれば、なんとしても鼓巳を今の状況から引き上げようとするだろう。彼にはそれだけの力がある。鼓巳が怖いのはそこなのだ。彼が一ノ葉の内部を乱してしまうことが怖い。

「でも、無理やり首を噛んだりしないでいてくれてありがとう」

「そりゃあ、これだけはお前の意志を尊重しないとな……」

「うん、清武はそういうことはしない。信じている」

「……信じるなよ」

いつ噛んでしまうかわからないぜ、と言って、彼は鼓巳の腕を離した。鼓巳は小さく笑ってバスルームに入る。そろそろヒートは抜ける頃だった。


「俺はこれから仕事があるが、弘んとこには一人で行けるか」

「大丈夫だよ」

清武が作ってくれたマッシュルームのオムライスを食べながら、鼓巳はそう答えた。

「病院までは送ってく」

「原田さんに送ってもらうからいいよ」

「駄目だ。お前を他の男と二人っきりにさせるわけにはいかない。まだ完全にヒート抜けてないだろ」

「原田さんはベータじゃないか」

「それでも、だ」

清武は大きな口を開けてオムライスを平らげていく。

(まあ確かに、昨日の今日だし)

車の中で事に及んでしまったのはいつものことだけれど、鼓巳としてはなんとなく顔を合わせづらかった。

「じゃあ、お願いします」

「おう」

そう言うと少し機嫌がよさそうになるのがなんとなくおかしかった。

その日は鼓巳の定期検診の日で、二人はマンション地下の駐車場から車に乗って病院へと向かう。三十分ほど走ったところ、とある建物の前で車が止まった。モダンなガラス張りのビルだ。

「終わったら迎えに行くから待っていろ。勝手に一人で帰るんじゃないぞ」

「わかってる」

過保護なほど念を押した後、清武は車を出して仕事に向かった。それを見送ってから、鼓巳はビルの中に入り、エレベーターで八階まで上った。

絨毯張りの廊下を突き当たりまで進むと、『長谷倉《はせくら》クリニック』というプレートのかかったドアがある。鼓巳はインターフォンを押した。

『はい』

「鼓巳です」

『どうぞ』

ドアのロックが解除された音がする。そのまま進むと、自動ドアが音を立てて開いた。受け付けには誰もいなくて、奥から誰かが歩いてくる気配がする。

「やあ」

「お世話になります」

現れたのは柔和な印象の、青い術衣を身につけた男だった。長谷倉クリニックの院長である長谷倉弘は清武の幼なじみであり、一ノ葉会のお抱えの医師でもある。また、鼓巳の心身のメンテも請け負っていた。アルファだが、鼓巳と会う時は耐オメガ用の、フェロモンに耐性をつける薬を服用している。

「いつもすみません。休診日に」

「別に構わないよ。これも仕事だしね」

弘はにこやかに笑みを浮かべ、鼓巳を診療室に促した。いつも通り血液検査と、カウンセリングを行う。

「体調は？」

「特に具合の悪いところはありません」

「そうだね。フェロモン値にも特に異常はないけれど……、今、ヒートなんだっけ？」

「もう終わります」

「体調的に問題がないのなら、心のほうかな」

鼓巳が弘を見ると、彼は患者を安心させるような微笑みではなく、昔から鼓巳を知る者としての微笑みを浮かべて言った。

「浮かない顔をしている」

言い当てられて、鼓巳も困ったように笑った。

「清武のことかな？」

「今日、番になるかと言われて」

「それで？」

「断りました」

「気の毒に」

清武のことだよ、と彼は続けた。

「俺は君達は、運命の番だと思うんだけどね」

「まさか」

鼓巳は驚いた。運命の番とは、アルファとオメガの間でも特に強固な絆を持つ番のことで、出会ってしまったら離れられないと聞く。

「清武はオメガフェロモンに耐性があるから、そういう意味では自覚はないと思う。でも君はどうかな？」

「俺は――――」

鼓巳は口籠もった。清武に触れられるとすぐにわけがわからなくなってしまう。彼の側にいられればそれだけで幸せで、他には何もいらなかった。

「わからないです」

だが、鼓巳はそれが自分の本能のせいなのか判別がつかない。自分が特殊なオメガだからか、はたまた弘が言うように、清武自身もまたオメガのフェロモンに耐性のあるアルファだからかはわからないが。

「君達は本当に面白い関係だよな」

「そうでしょうか」

鼓巳は少し拗ねたような口調で言った。

「俺は清武のことが好きだけれど、彼の立場とかを考えたら番になんてなれないです。多分、俺に同情してるっていうのもあるでしょうし」

「同情？」

「俺は愛人の子だし、以前やらかしてこういう仕事をしているから」

鼓巳が一ノ葉会の娼夫となったいきさつは弘も知っている。

「なるほど」

弘は電子カルテのほうに視線を向けたまま言った。

「いろいろ問題はあるんだろう。だがそれを乗り越えてこそ運命の番なんじゃないかな」

「運命じゃやな――――」

「ちょっと触診しようか」

弘はくるりとこちらに向き直ると、診療室の壁際にある簡易ベッドを指し示した。

「あっちに寝てくれる？」

「まだ、完全にヒートが終わったわけじゃ……」

「だからだよ」

弘はあっさりとした口調でそう言った。

「終わりかけなら、早くすっきりさせたほうがいい」

鼓巳ははあ、とため息をつく。立ち上がり、ベッドの上におとなしく横たわった。

「お腹出して」

ボトムからシャツの裾を引っ張り出す。引き締まった腹部が露わになった。弘が聴診器を取り出し、鼓巳の下腹に当てる。冷たい器具の感触に、敏感な身体がひくり、と反応した。

「っ……！」

「診察しているだけだよ？」

だからまだヒートが終わっていなくて、いつもよりも更に感じやすくなっているのに。

それなのに弘の聴診器は、下腹から脇腹にずれていった。

「んんっ！」

声が出てしまい、鼓巳は指を噛む。弘のほうを見ると、彼は楽しそうな顔でこちらを見下ろしていた。

「弘、さん……、悪戯したいだけだって、はっきり言ったらどうです……？」

「バレたか」

弘は聴診器を外し、かわりに自分の手を鼓巳の素肌に滑らせる。つつうっ、と指先が滑り、胸の突起を探り当てられた。

「ふあっ…、んっ！」

「相変わらずここが弱いんだね」

両の乳首を捕らえられ、指先でくりくりと刺激される。

「や、や……っ」

そこはもうひどく敏感になっていて、昨夜清武にもさんざん吸われて弄ばれた。

「は、あ…っ、はあっ」

「今回のヒートはなかなかしつこいね。やっぱり番とセックスするのが一番いいと思うよ」

「こ、こんな時に……、蒸し返さないでくださ、あっ…！」

きゅ、きゅ、と意地悪く乳首を摘まれ、鼓巳の身体に断続的に快感が走る。弘とは、清武を交えて時折三人でセックスをする関係でもあった。清武も知らない男よりは抵抗がないらしい。鼓巳も弘のことは信頼しているし、触れられることが嫌なわけではないのだが――。

「や、あ、だ…めぇ…っ、下着、汚れるから……っ」

乳首を責められているだけで、鼓巳はイってしまいそうになる。すると弘は鼓巳のボトムの衣服を下着ごと脱がせた。

「っ、あっ……！」

下半身が急に頼りなくなり、鼓巳は股間を隠そうと慌てて膝を引き上げた。けれど弘の手で脚を大きく開かれてしまう。

「ああっ…！」

「君の蛇に睨まれているみたいだよ」

太股に巻き付く蛇は、刺青を見る者のほうをじっと見ているように彫られている。それが男達を煽ってしまい、惹きつけられる要因のひとつとなっているのだが、鼓巳にはそんなことは知るよしもない。これは鼓巳の罰の象徴なのだから。

「あっ…、んん――～っ」

股間に顔を埋められ、肉茎を吸われて、鼓巳は泣くような声を上げた。そこを口淫されてしまうと、もうどうにもならなくなる。腰が揺れ、下半身を支配する甘い痺れに陶然とするしかなくなるのだ。

「あ、ふあ…っ、あっ、あっ」

裏筋をちろちろと舐め上げられ、先端部分の割れ目を何度も辿られる。

「あ、あ、そこ…っ」

「ここ、気持ちいい？」

「う、ん、いい……っ、い、イき、そう…っ」

素直に快楽を訴えると、弘がふっと笑う気配がする。

「君は特別な子だよ。鼓巳は可愛い」

「な、に…、ああ…っ」

「清武が迎えに来るまで、こうして可愛がっていてあげるよ」

「あっそんなっ…、ああっ、あぁんんっ！」

また深く咥え込まれてしまい、気が遠くなりそうな快楽に鼓巳は声を上げる。さすがにそれは嘘だったが、鼓巳はたっぷりと彼に鳴かされ、腰が抜けそうになるほどにイかされてしまったのだ。

清武が来たのは、夕方も過ぎた頃だった。長谷倉クリニックの入り口を長身の男がくぐる。その気配に、隣の部屋で仮眠をとらせてもらっていた鼓巳が目を覚ました。何回か『抜いて』もらって多少すっきりした上に、鎮静剤を飲んで寝ていたので、よく眠れた。ヒートの時は体力の低下が問題になる。

「鼓巳、よく眠れたか」

「……うん、大丈夫」

部屋に入ってきた清武はベッドの上に座ると、鼓巳の頭を撫でる。

「少し遅くなったな、悪かった」

「別に気にしなくていいよ」

清武はいつもこうして鼓巳のことを気にかけてくれる。それは嬉しくもあったが、彼に余計な負担をかけているのではという思いもあった。

「この後、メシでも食いに行くか？」

術衣から私服に着替えた弘がドアから顔を出す。

「ああ、そうだな。いいか鼓巳？」

「いいよ」

鼓巳は頷いた。ヒート時は食欲も低下するのだが、先ほど発散したせいで空腹を覚えていた。

「弘、お前予約しとけ。個室のところな」

「はいはい、わかったよ」

弘がドアから消えると、清武は鼓巳と向き合う。

「今日、あいつにされたか？」

「……された」

正直に答えると、彼は口をへの字に曲げた。

「やっぱりな。ちょっと目を離すとすぐに手を出しやがる」

「俺が調子悪かったからだよ」

弘のことをかばい立てするのはよくないだろうか。とは言っても、弘は鼓巳のことを思ってしてくれたことには変わりない。そこには幾ばくかの個人的な欲求があったかもしれないが。

「ああ、お前が嫌じゃなかったんならいいんだ。あいつならお前に危害を加えたりしないから安心だしな。まあ、多少面白くはないが、お前が客を相手にするのに比べたら遥かにマシだ」

そんなことを言う清武に、鼓巳は苦笑するしかない。

それから病院を閉めて三人で清武の車に乗り、弘が予約した店に向かった。台湾料理の個室で、誰を気にすることもなく食事をし、鼓巳は少し酒も飲んだ。

「さて」

会計も済ませて、弘が席を立つ。

「この後はホテルコースだろ？」

「そうだな」

鼓巳はどきりとする。前回のヒートの時も一度三人でホテルに行った。今回もそういうことだろうか。

弘は悪い男ではないし、嫌ではないのだが、どうしてもいたたまれなさが拭えない。客を相手にする時はそんなことは少しも思わないのに。

「鼓巳のヒート、年々抜けが悪くなっていってるんだよなあ」

「やはりそうか」

「早く番とセックスしたほうがいいって今日も言ったんだけどね」

「だ、そうだぞ、鼓巳。先生もこう言ってらっしゃるんだ。諦めて俺と番になれ」

「俺は大丈夫だよ！」

幼なじみの二人が結託すると、ろくなことがない。

「少し身体が熱いだけだ。フェロモンは薬を飲めば抑えられるし、人前に出なければいい」

「いつまでもそれで済ませられると思ってるのか」

このまま番を作らなければ、ヒートもフェロモンもひどくなる一方だろう。鼓巳自身もそれは薄々と感じていた。いつまでも終わらない熱と消えない疼き。それは鼓巳の生命力を少しずつ削っていくだろう。

セックスに振り回される人生。オメガとして生まれた者は多少なりともそういった側面があるが、鼓巳の場合は負担が重かった。

「……じゃあ、誰か適当なアルファと番になる」

「なんだと⁉」

その瞬間、清武の眉が吊り上がる。

「許さないぞ、そんなことは」

「清武こそ、もうそんなに俺の面倒見ることない」

「……本気で言っているのか」

清武の怒気をまともに浴びてしまって、鼓巳の足が一瞬竦む。彼は鼓巳に対してはとても優しいけれども、本来の姿は一ノ葉会の次期組長、極道の男なのだ。

だが、だからこそ。

彼の将来を邪魔するべきではないと思っているのに。

清武から目を逸らさずに見つめかえしていると、まあまあと弘が間に入ってきた。

「こんなところで揉めない揉めない」

弘が仲裁することによって、その場の緊迫感が一瞬で霧散してしまう。この場に彼がいてくれてよかったと思った。

「清武は自分の感情ばかり押しつけない。鼓巳にだって言い分はあるだろう」

「それは、そうだが」

弘に言われて、清武はぐっと言葉を詰まらせる。

「鼓巳もだ。あまり強情にならないほうがいい。気持ちはわかるが、ずっと君の側にいた清武の気持ちもわかってやれ」

「……はい」

叱られて悄然とすると、清武が呟くように言った。

「俺達が運命の番かもしれないってのは本当なのか」

「今日鼓巳にも言った。かなり可能性は高いと思うよ。お前がオメガフェロモンの耐性なんか持っていなけりゃ、すぐにわかったと思うんだけどね」

「悪かったな。だがそうでなけりゃ、俺はこんなにこいつの側にはいられなかったろう」

清武の言うことには同意せざるを得ない。弘は耐オメガ用の薬を服用して鼓巳と会っているが、それなりに強い薬らしく、常用するのはあまり勧められないらしい。

「まあいい。俺は別に運命とやらが欲しいわけじゃない」

「――――」

清武の言葉は鼓巳の心に沁みていった。自分だってそうだ。たとえ清武が運命でも、そうでなくても、自分の気持ちは変わらないだろう。

「清武と番になるのが都合が悪いなら、俺なんかどう？　悪くないアルファ物件だと思うけど」

「弘さんも冗談はやめてください」

「まったくだぞ。弘。笑えない冗談はやめろ」

清武と鼓巳が真顔で首を振ったので、弘は肩を竦めて呟いた。

「そう冗談でもないんだけどな」

その場を笑って収めてくれる弘に感謝して、鼓巳は自分の首筋を押さえる。そこには万が一のための首輪があった。これはオメガの刻印でもある。

鼓巳は抑制剤の効き目が悪く、また番を持たないためにヒート期間が抜けづらい。そしてそれらを解決するために番を持ったほうがいいという。

だが果たして藤治がそれを許してくれるだろうか。アルファ殺しと呼ばれる、アルファに対しての強力なフェロモンは、一ノ葉が取引をする場においての重要な武器となっている。現状では、鼓巳は目の前の男達の助力を乞うしか方法がない。――――情けないことだが。

「いつまでもここで言い争っていても仕方ない。移動するぞ」

最後は清武がその場を仕切り、場所を変えたのだった。

「待っ、て…っ、あっ、あ！」

「待たないな。他の男と番になるなんて言ったお仕置きをしてやらないとならん」

ホテルの部屋に入ると、清武がいきなり鼓巳を担ぎ上げるようにしてベッドまで運んだ。そしてまるで小さな子が尻をぶたれるような格好で彼の膝の上に横向きに抱えられ、下肢の衣服を剥ぎ取られる。

「ひぁっ…」

丸い尻が外気に触れ、その心許なさに思わず声が漏れた。そして次の瞬間、衝撃がやってくる。

「ひうう！」

バチイン、と肉を打つ音が響いた。清武の大きな手が、鼓巳の尻を派手に叩いたのだ。

「……っ！」

骨までびりびりする。そのまま立て続けに打擲《ちょうちゃく》されて、鼓巳は声も出せなかった。

「あ、ア」

目の前がちかちかと瞬く。子供のように尻を剥かれて叩かれるというこの状況が理解できなかった。

「言ってもわからない奴には、こうするしかないだろう」

何度か叩いて気が済んだのか、清武は鼓巳の尻を叩く手を止め、赤くなった尻を愛おしむように撫で回す。熱を持った肌がじん、と疼いて、鼓巳は熱い息を漏らした。

「ん……っ、やあ、ぁんっ……」

「他の男と番うなんて、二度と言うな」

双丘の狭間を指が割り、後孔をまさぐった。もう準備ができているそこは、清武の指をすんなり受け入れる。

「尻を叩かれて興奮したのか」

「っ、ち、違…っ、んん、う…っ」

「お前の力で叩いたら痛いに決まっているじゃないか。可愛そうに」

弘が鼓巳の頭を宥めるように撫でた。指が頬を滑り、口の中に入ってくる。舌を弄ぶそれを、鼓巳は恍惚と吸い上げる。

「んふぁ、あ…っ」

「こんなにいい子なのにね」

くすくすという笑い声が響く。清武の指が肉洞の奥まで入り、内壁を擦り上げられた。ちゅくちゅくという卑猥な音がする。

「あっ、っ、んあぁっ」

「いいや、悪い子だな……。ったく、今日は徹底的に虐めてやるからな」

「っ、あっ、いやっ…あっ」

言葉嬲りに身体の芯が燃え立ってしまう。ずっと発情しているこの身体をうんと虐めて欲しかった。中を穿つ指に弱い場所を捏ねられ、鼓巳の腰が大きく震える。

「そら、ここだ」

「んあぁあっ」

くにくにと泣き所を責められて、頭がおかしくなりそうな快感に身悶えした。同時に上顎の裏側を弘にくすぐられてあられもない声が漏れる。

「あっ、あっ、あ――――～～…っ」

びくびくとわななく腰。鼓巳はひとたまりもなく達してしまって、前方のものから白蜜をとろとろと溢れさせながら痙攣した。

「……っふあ、んっ、んっ」

ごろりとシーツに転がされると、両脚を大きく開かされる。そしてたった今指で嬲られた場所を、清武が舌で舐め上げてきた。肉環を舌でこじ開けられ、舌が入ってくる。

「ああう、んんっ…！　そ、それ、だめ、ああ…っ」

狂おしくうねる媚肉を舌でぐじゅぐじゅとかき回されて、腰から下が熔けてしまいそうだった。それだけでも耐えがたいのに、シャツのボタンを外され、露わになった胸の上で尖る乳首を弘が舌で転がす。もう片方は爪の先でカリカリと引っかかれた。

「あっ！　あっ…あ、〜〜〜っ」

濃密すぎる愛撫に鼓巳は背中を仰け反らせるばかりだった。

「気持ちいいか？」

「あぁんんっ……っ、い、ぃい、気持ちいい……っ」

清武に嬲られている肉洞は、受け止めきれない快感にひくひくと悶えている。男のものを突き入れられ、擦られて悦楽を得る場所は、柔らかな舌での愛撫にも敏感に反応した。ひっきりなしに収縮を繰り返し、早く貫いて欲しいと泣き出す。

「あ、ほ…欲し…っ、ほしい、そこぉ…っ」

「まだ駄目だ。虐めると言ったろう」

「あ、ぁ…っやだ、それ、や、そんな、舐め…ないで…ぇっ」

「鼓巳は舐められるの大好きだろう？」

乳暈ごと乳首を優しくしゃぶりながら弘が囁く。時々舌先でぴんぴんと弾くようにされるのがたまらなかった。

「あぁ……す、き、すき…っ、けど、欲しいよぉ……っ」

鼓巳の後孔は、自身の愛液と清武の唾液とでずぶ濡れになっていた。腹の奥がきゅうきゅうと疼いて、今ここに挿入され、思う様かき回されたらどんなに気持ちがいいだろうと思う。

「……ち」

清武が小さく舌打ちをする気配がした。彼は性急な仕草で衣服を脱ぎ捨てると、隆々と天を突くものを引きずり出す。

「結局煽られてるなんて、俺もざまあないな」

「最初からそうだと思っていたけど」

「ふん」

弘の軽口を笑い飛ばすように鼻を鳴らし、彼はさんざん嬲った場所にその先端を押しつける。

「あ、あ」

ぐじゅうっ、と先端がめり込むと、腰から背中にかけて凄まじい官能の波が駆け上がった。

「そら、奥まで挿れてやるからな……」

「は、あぁ、あはっ、〜〜〜っ」

ずぶずぶと侵入してくる男根に舐め蕩かされていた肉洞を容赦なく擦られ、鼓巳は案の定、その一突きで達してしまう。

「ひぃ、ああっ、いくっ、いくぅぅう——〜〜…っ！」

鼓巳は背後から弘に上体を抱きかかえられているような体勢だったので、弘の肩に後頭部を

押しつけるようにして喉を反らした。両の乳首は、彼の指先によって弄ばれている。イッている時に敏感な突起をくりくりと責められ、甘い刺激が身体の中で混ざり合った。

鼓巳が達しても、清武はお構いなしに抽送を始める。入り口近くから奥までをずうん、ずうん、と重たく突き上げられ、耐えられないほどの快感に襲われた。

「っ、あっ、あぁぁああっ……！」

「たっぷり突いてやるから、好きなだけ食え…っ」

「あ、あう、あううっ、いい、すごいっ…！」

感じる粘膜を全部擦られて、途轍もなくいい。背後の弘に縋るようにしてよがっていると、顎を捕らえられて口を塞がれた。ぬるりとした舌が鼓巳のそれに絡みついてくる。

「ん、ふ――…、くぅんん…っ」

貫かれる度に漏れる喘ぎが弘の口の中に吸い取られ、たまらずに鼓巳の舌が震えた。

「ん、む――…、んっ、んっ」

軽く達するごとに、鼓巳の下腹が痙攣する。清武のものを身体が望むままにきつく食い締めていった。

「鼓巳……っ」

「は、あふぅぅ、ふぁっ」

口づけからようやく外れて鼓巳が舌足らずに喘ぐと、今度は清武に噛みつくように口づけられる。舌根が痛むほどに激しく吸われ、肉洞が不規則に痙攣した。彼の先端が、弱い場所を抉ってくる。全身が総毛立った。

「んう、あぁぁっ、お、奥、ごりごり、されるとっ……！」

これまでよりももっと大きな極みがやってくる感覚に、鼓巳は少し怯えてしまう。もう死んでしまうのではないかと思うような絶頂がいくつかあって、今度のはそれに近い。けれど、彼に殺されるのならば、本望なのではないか。

「ん、う、ああ、あ、あ――――！」

一際深く突き入れられた時、身体の深いところから大きな波がやってきた。最奥に清武の飛沫が叩きつけられると、頭の中が真っ白になる。きつい絶頂に鼓巳は泣き喘いだ。

「あ、あ――……、あっ、あっ」

最後の一滴まで中に注がれて、鼓巳は満足したようなため息をつく。清武もまた大きく息を吐き出し、それからゆっくりと自身を引き抜いていった。

「あん、ぅ…」

途端に体内に空洞が出来るような感覚がして、名残惜しげな声が漏れる。

「よかったぞ――――。次は弘に可愛がってもらえ」

「ん……」

軽く口づけられた後、鼓巳は両手をシーツについて這わされた。

「しかし、いつ見てもすごい光景だよ」

弘が背後から鼓巳の双丘を押し開いて言う。そこはふっくらと充血し、清武の精と鼓巳の愛液とでしとどに濡れていた。ひくっ、ひくっ、と肉環が収縮する度に、それらが混じり合ったものがとろとろと溢れ出てくるのだ。

「こんなのを見せられちゃあ、フェロモンなんて関係ないな――――」

いつも飄々とした風情の弘だが、声がどこか上擦っているように聞こえた。彼の先端が濡れた後孔の入り口に押しつけられ、肉環をこじ開けてくる。あ、また気持ちいいのが来る、と、鼓巳は小さく息を呑んだ。

「あ、あ、あぁ――……っ」

ぬかるんだ肉洞に、弘のものが挿入されていった。深くなるに従って、鼓巳の背中が反り返ってゆく。清武はそんな鼓巳の首筋や胸の辺りに、ちゅ、ちゅ、と口づけを落としていた。

弘は自分のものを最後まで入れてしまうと、ゆっくりと腰を動かし始める。腰が前後に動く度に、ちゅ、ぐちゅ、と、ひどくいやらしい音が響いた。

「あいっかわらず、吸いつきがエグいな――……」

これは男が駄目になるはずだ、と呟いて、本気の抽送が始まった。奥にズン、とぶち当てられて、反った喉から嬌声が漏れる。

「ふぁぁああっ」

びりびりと全身が痺れるような快感に、シーツについた両腕が力を失って上体が崩れた。すると清武が抱き起こしてくれて、彼にしがみつくような体勢を取らされる。

「あっ、ううっ、あっ、あっ！」

清武の耳元で喘ぐと、彼はふいに鼓巳の股間に手を伸ばしてきた。

「こっちも触ってやる」

「ひぁ、あっあっ」

それまで触れられていなかった肉茎が根元から先端へと扱かれていく。かと思うと裏筋をくすぐられたり、先端の鋭敏なところを指の腹でくるくると撫で回されたりした。

「は、あ――…っ、ああっ、……きもちぃぃ……っ」

後ろと前を同時に責められると、どうしていいのかわからなくなる。許容量を超えた快楽に、鼓巳は恍惚とし、はしたない言葉を垂れ流した。

「う、しろも……っ、ぐりぐりされると、す、すぐ、いくう……っ」

「いいんだよ。たくさんイきなさい」

「んん、くう――～～…っ、っ」

さっきからいくつもの小さな極みが鼓巳の身体のあちこちで爆ぜている。鼓巳の肉茎を愛撫している清武の指の間から、愛液が滴ってシーツを濡らしていた。

「い、いっ、ああっ、ま、前も、後ろも、いい……っ！」

オメガとしての生を決められた時から、快楽は鼓巳にとって、ある種忌々しいものでもあった。本能に振り回され、自分ではどうにもならない。

けれど清武とそして弘は、鼓巳のフェロモンなど関係ないと言う。それが何よりも嬉しくて、快楽で我を忘れることも少しだけ悪くないと思えるのだ。

「あっ、いくっ、またイくぅぅ……っ！」

「くそ、俺も持っていかれるっ……！」

背後の弘を締めつけ、大きな絶頂に攫われた鼓巳は、弘を道連れにして極めた。

「んんんん────……っ！」

肉洞の壁に叩きつけられるのがたまらない。腰を揺らし、抱きしめてくれる清武の背に爪を立てながら、鼓巳は何度も駆け上がるのだった。

二人の男とさんざん交わると、現金なもので、ヒートはようやく終わってくれたようだった。

「弘さんは？」

「先に帰った」

「そうか。病院あるもんね……」

寝乱れたホテルのベッドで、まだ気だるさの残る手足をゆっくりと伸ばす。

「また気を遣わせちゃったな」

「あいつだっていい思いしてるんだ。お前が気にすることじゃない。――体調はどうだ？」

「ずいぶんいいよ。もうヒートは終わったと思う。――ありがとう」

小さく礼を言うと、彼は鼓巳の頭を撫でてきた。

「お前が大丈夫ならいいんだ」

「――」

彼の言葉は、鼓巳の中にまたさまざまな感情を起こす。本音を言えば、彼と離れたくはない。側にいたい。だれか別のアルファとなんか番いたくない。それを素直に清武に伝えられたら、どんなにいいだろう。

その時、部屋のチャイムが鳴った。

「朝食が来た。食うだろう？」

清武がモーニングサービスを頼んでいたらしい。部屋の入り口で清武が受け取り、ワゴンが運ばれて来た。

「ありがとう」

しばらく二人は向かい合い、無言で朝食をとっていた。テレビのニュース番組の音声だけが響いている。鼓巳が厚切りのトーストを齧《かじ》っていると、ふいに清武が口火を切った。

「――昨夜、このままお前の首を噛んでしまおうかと、何度も思った」

鼓巳は清武に視線を向ける。彼の表情はいつになく穏やかなものだった。

「だがな、できなかった。それだけはしちゃいかんだろうと思った」

一度番になってしまえば、オメガからそれを解消することはできない。だが、アルファからは可能だ。番を解消されてしまったオメガのその後は、悲惨だという。そのために自ら命を絶ってしまうオメガも少なくはなく、最近ではそういったオメガを救うための施設が作られたと聞いた。

「俺の一方的な行動でお前の人生を決めてしまいたくはない。だが、俺を選んで欲しい」

「――選ぶだなんて」

そんなおこがましいことを思っていたわけじゃない。鼓巳がそう言うと、清武は続けた。

「親父のことは心配しなくていい。俺が必ず説得する」

「……清武はいいの」

「何がだ？」

「俺はもう何人も客をとっていて、その人達と寝ている。そういうオメガが相手で、本当にいいの」

「――その話、お前何回目だ？」

清武は本当に意外そうな表情でそう言った。

「昨夜だってそうだ。俺とお前とあいつとで、もう何回ヤったと思ってるんだ。今更そんなこと、問題じゃないだろう。俺は別に処女が好きなわけじゃない」

だから、と彼は言った。

「真剣に考えてくれ。俺達の将来のことを」

「——うん……、はい」

真剣な彼の口調に、鼓巳は返事を言い直す。嬉しくないわけがなかった。好きな男が、自分との将来を真剣に考えてくれているのだ。今までだって彼はそうだった。向かい合うことから逃げていたのは自分のほうだ。それはわかっている。

「考える。ちゃんと考えるよ——」

「ありがとう」

そんなふうに言う清武に、鼓巳は首を横に振る。彼が礼を言うようなことは何もないのだ。

鼓巳はこれまで、自分が結論をとうに出していると思っていたが、実はそうではなかったのだ。そのことを思い知らされ、少し追いつめられた気分になった。

「おう、少しいいか。――なんだ、お前も一緒か。相変わらず仲がいいこったな」

本宅で清武の仕事を手伝っていると、藤治が現れた。

「なんだ、親父」

「少し話がある」

藤治のどこか改まった様子に、清武の眉が顰《ひそ》められる。鼓巳は静かに立ち上がった。

「――失礼します」

「ああ、いいんだ。お前も一緒に聞いてくれ」

自分にも関係のあることなのだろうか。怪訝に思いながらも清武の側に控えると、藤治は懐に忍ばせていた写真を清武に差し出した。これは見合い写真によくある型だ。

「何だこれは」

「お前の縁談相手だよ」

その瞬間、鼓巳の足下からすうっと冷たいものが這い上がってきた。

「うちと兄弟関係にある三橋《みはし》組のご令嬢だ。以前からお前に好意を持っていたんだとよ」

「……それで?」

「この縁談が成立すれば、うちと三橋組の絆も強くなる。悪い話じゃねえ。美人じゃねえか。しかもアルファときている」

アルファ同士の婚姻はアルファが生まれる確率が高いという。三橋組は中堅規模の組織だが、収益性の高い事業を多く手がけている。三橋組と縁戚関係が結ばれれば、こちらの資金源もいっそう盤石になると思われた。

鼓巳は写真の中の女性を見る。意志の強そうな美しい女性だった。こんな人が清武の隣に立っていたら、きっとお似合いだろう。

――動揺するな。

あの時、甘い言葉をかけられて、つい舞い上がってしまった。自分でも清武の相手たり得ると、一瞬でも本気で思ってしまった。

けれどそれは、すべて夢の中の出来事だったのだ。

「俺は、この縁談を受けられない」

だが清武ははっきりと言った。藤治はその返事が意外だったようだ。

「何故だ？　美人じゃねえか。愛嬌もある」

「俺は鼓巳と一緒になりたい」

「またその話か」

藤治はうんざりしたようにため息をついた。

「清武、俺は――――」

「鼓巳」

思わず口を挟むと、彼の静かな声に黙らせられた。

「今は黙っていろ」

「――――」

「……清武。そいつは危ねえよ。この一ノ葉会を継ぐお前の結婚相手には向かねえ。確かにナリは美しいが――――。あの時のことを忘れたわけじゃねえだろう。それに、そいつは戸籍上とは言えお前の弟だ」

「そんなもんどうとでもなる。それに、忘れてねえ」

「なら、何故」

「俺はこいつのフェロモンに耐性がある。本能にトチ狂ってこんなこと言っているわけでもねえよ」

「清武、こいつとヤるのはいい。だが本気になっていたとあれば、話は別だ」

藤治の鋭い目が鼓巳を射貫く。

「やっぱり、さっさと適当なアルファと番わせとくんだったな。『仕事』の成果がいいんで目を瞑っていたが――――」

「親父‼」

清武が立ち上がる。だが藤治は意にも介さずに立ち上がった。

「俺は絶対に、こいつ以外の奴と結婚なんかしねえぞ！」

「――――いつまでも若造みたいなこと言ってんじゃねえ！　お前は俺の後を継ぐ男なんだぞ‼」

それ以上の剣幕で言い返され、清武は無言で藤治を睨みつける。

「――――とにかく、この話は進めるぞ。いい加減観念しやがれ」

藤治はそれだけを言って、さっさと部屋から出て行ってしまった。清武は硬い表情で、拳を強く握りしめている。

「……清武」

俺がやらないと、と思った。彼を説得しないと。一ノ葉会と清武のために。彼の輝かしい未来のために。

「俺は縁談は受けない。安心しろ」

彼は鼓巳に対して優しい目を向ける。だが、鼓巳はその目を伏せて言った。

「清武、この話は受けたほうがいい」

そう告げた時の彼の表情を、鼓巳は見なかった。

「お前、まだそんなことを……」

「あの時、ホテルで言われたこと、俺はすごく嬉しかったんだ」

誰にも言わずにひっそりと夢見ていたことが叶うかもしれない。その可能性に胸を高鳴らせた。

けれどやはり、夢は夢のままなのだ。

「だけど清武みたいな立派なアルファが、『アルファ殺し』なんて言われている奴と番になっちゃいけない」

彼には幸せになって欲しい。そのためなら鼓巳は何でもする。自分の心を殺すことさえも。

「三橋組のお嬢さんと結婚しなよ、清武」

「……それがお前の答えか」

「そうだよ」

「俺のことは好きじゃなかったのか」

鼓巳は答えなかった。清武の声は、怒りと悲しみに満ちている。だが、これでいいのだ。

「俺は淫乱なオメガだ。アルファとヤるためなら、どんなことだって言うよ」

次の瞬間、鼓巳は凄い勢いで壁に押しつけられていた。

「……っ」

胸が詰まり、息が止まりそうになる。咳き込んでようやっと目を開けると、そこには冷え冷えとした目をした清武がいた。

――本気で怒らせた。

そう思った時、後ろ向きに壁に押しつけられ、ズボンのベルトが乱暴に外されようとしていた。

「あ…っ⁉　や、やめ……っ！」

「お前は今まで、俺に抱かれて何を思ってきたんだ？」

清武は怒っていた。ひどく怒っていた。

鼓巳は下着ごとズボンを下ろされ、その双丘を開かれる。犯される、と思った時、初めて本気で抵抗した。けれどオメガがアルファに力で敵うはずがない。それでなくとも清武の肉体は鍛えられ、戦うことに慣れている。

「う、ああっ、やあっ…！」

何の準備もされていない鼓巳の後孔は、清武の侵入を拒んだ。だがそれでも、肉環がめりめりと開かれていく。

「く、あ――――！」

違和感と苦しさで、息が止まりそうになった。清武がこんな強引に挿入してきたことは、今まで一度もない。いつも鼓巳を愛撫で蕩かせ、こちらが挿れて欲しくてたまらなくなるまで焦らすのに。

けれど、淫らなオメガの鼓巳の肉洞は、こんなにひどい挿入さえも受け入れてしまう。奥のほうから愛液が滲み出て清武を包み、媚肉が次第に蠕動を始めた。

「……っは、こんな時までチンポ大好きかよ」

侮蔑の言葉が鼓巳を嬲る。だが、傷つく資格はないと思った。

清武のものが強引に中を穿つ。引き攣《っ》れるような快楽に、床に立っている両脚が震えた。

「う、ぁ……っ、ああ…っ」

声なんか漏らしたくないのに、勝手に出てくる。自分のオメガとしての肉体をずっと疎ましく思っていたが、まだこれ以上そう思えることに呆れてしまった。

　空が端のほうから白々と明るくなってくる。鼓巳は玄関のドアを音を立てないように開けて外に出た。門から出るまでは防犯カメラに映ってしまうが、仕方がないだろう。

　鼓巳はこの家から出るつもりだった。藤治も鼓巳を厄介払いしたいと思っているようだし、おそらく追っ手はかかるまい。

　門扉を出るまで誰に見つかることもなく来られた。壁沿いに舗道を歩き、顔を上げて清武の部屋がある方角に視線を向ける。

　彼は今、何をしているだろうか。どうしても目で追ってしまう自分が未練がましく思えた。

（あんなに怒らせてしまったから、もう会えない）

　清武はきっと、鼓巳のことを嫌いになってしまっただろう。

　それでいい。これで彼は心置きなく三橋組の令嬢と結婚できる。むしろ、今まで側にいさせてもらったことが幸運だったのだ。

（それでいいじゃないか）

　ふ、と小さな笑みが鼓巳の口元に浮かぶ。

　それから前を向いた鼓巳は、もう振り返らずに歩いていった。

――さて、どうしようか。

午前中のコーヒーショップはまだ人も少ない。隅の席でカフェオレを持ち、鼓巳はこれからどうするかを考えていた。

（ヒートは終わったからまだマシなはずだけど、なるべく人ごみの中は避けたほうがよさそうだな）

ありったけの薬を持って来たが、これもいずれは切れてしまう。特に鼓巳のような特異体質のオメガにとって、断薬は非常にまずい状況になる。

（弘さんのところに行って薬をもらってこようか）

だが清武が弘のところに連絡してこないわけがない。彼のところに行けば、清武に見つかってしまう可能性があった。だがそこまで考えて、鼓巳はふと気づく。

どうしてまだ清武が俺を捜すと思っているんだ？

昨日、鼓巳を乱暴に犯した時の彼はひどく酷薄で、抱かれながら冷たく突き放されたような感じがした。

もう彼は鼓巳を追いかけたりしない。

胸の底をひどく冷えさせるそれは、ただの事実なのだ。

「――――」

ぬるくなったカフェオレを飲み干した時、前の席に知らない若い男が座ってきた。

「君、一人？」

「……」

男はしゃれたジャケットを着ていて、明るい髪の色をしている。

「時間あるなら、どこか行かない？　知り合いのライブのチケットが余ってるんだ。よかったら一緒に」

「興味ない」

「あ、そう……、じゃ、飲みに行こうよ。奢《おご》ったげるよ」

「結構だ」

男からは覚えのあるアルファの匂いが微かにした。おそらくは鼓巳のフェロモンに惹かれて近づいてきたのだろう。

（まずいな）

ここで騒ぎを起こしても面倒だ。鼓巳はとにかく目立ちたくないのだ。だが男はしつこくて、とうとう鼓巳の腕を掴んできた。

「離……っ」

「なあ、いいじゃん、行こうよ」

男は鼓巳の近くにいて、ますますフェロモンに刺激されたのか、掴む力を強くしてきた。

どうしよう。無理に振り払うか――。これが無理を言ってくる客だったなら、銃で脅せるのに。

「離してあげなよ。嫌がってるよその子」

覚えのある声が聞こえたと思うと、ぬっと伸びてきた手が男の腕を掴んだ。ぱっと見よりよほど力が這入っているのか、男は呻き声を上げて鼓巳の腕を離す。

「あと、その子俺の連れなんだ。ごめんね」

「いっ、いてて、なんだお前……！」

「――弘さん」

そこにいたのは弘だった。

「あ、あんたなんだよ。別にこいつの番ってわけじゃないんだろ。だってこんなにプンプン匂いさせて……」

「そうだけどね。知ってる子なんだ。だから君の出番はないよ」

さらに腕を締め上げられて、男は何か悪態をついたかと思うと店を出て行った。弘は男が完全にいなくなったのを確認すると、鼓巳のほうに向き直る。

「大丈夫？」

「はい……、すみません、弘さん。ありがとうございます」

「いや、たまたま見つけたからよかったけど、こんなところに一人でいるからびっくりしたよ。清武は？」

「……着信とか入ってないんですか、清武から」

そう言うと弘は「え？」という顔をして、スマホを取り出して確認した。単に見ていなかっただけらしい。

「うわ。なんかめっちゃ電話来てる」

「……すみません」

やはりの事態に謝罪すると、弘は何かを察したらしかった。

「清武と何かあったのか」

「はい……」

弘はスマホをしまうと、鼓巳の肩に手を置く。

「とりあえず、移動しようか。目立ってしまっている」

「え」

言われてあたりを見回すと、店のあちこちから視線を感じる。どうやら先ほどの男とのやりとりで目を引いてしまったらしい。

「それでなくとも君は目立つからね」

「……そうなんですか？」

「気づいてなかった？　いつも清武が側にいたからかな」

それを言われて黙り込んでしまう。鼓巳の側にはいつも清武がいた。強いフェロモンのせいであまり人前に出られない鼓巳をいつも気遣ってくれた。

「話を聞こうか。……っと、その前に」

弘はピルケースから錠剤を取り出すと、二錠口の中に放り込んだ。アルファ用の、抗オメガフェロモン薬だ。

「やっぱり今日も出てますか」

「念のためだよ」

弘はそう言うが、さっきの男の件で、鼓巳がアルファを刺激するフェロモンを出しているのは間違いないのだ。

「軽率でした。一人でこんなところに来るんじゃなかった」

鼓巳の頭の中には、あの事件のことがあった。意志も肉体も屈強な男達をいとも簡単に狂わせてしまう自分のフェロモン。発情期以外でも、それは多少なりとも影響していると考えるのが当然だった。

「そう深刻に考えることもないよ。最近は抗フェロモン薬を服用しているアルファも多い」

そう言いながらも弘は鼓巳を抱き寄せ、明らかに他のアルファから鼓巳を守っていた。いや、鼓巳からアルファを守っているのだ。

「この近くに車を止めているから」

弘はとある立体駐車場から車を取り出すと、鼓巳をナビシートに乗せて車を出した。

「家に送る？　それとも俺のとこ？」

「弘さんのところに」

「了解」

彼はくすっと笑ってからハンドルを切った。


「――――なるほど、なかなか面倒なことになっているなあ」

鼓巳から事情を聞いた弘は、顎に手をかけて天井を見上げた。

「まあ、いつかこういうことになるんじゃないかとは思っていたよ」

弘はポットを手に取ると、鼓巳のカップに紅茶を注ぎ足す。ダージリンの美しい水色《すいしょく》が白い磁器に映えていた。

「……俺は清武には、俺でない人と幸せになってもらいたい」

「でもそう言ったら、彼は怒ったろう？」

「……」

「その時のあいつの気持ち、考えたことある？」

「清武は、俺に同情しているだけです」

弘は肩を竦めて苦笑し、軽くため息をつく。

「まあ、説教するつもりはないよ。俺にそんな資格はないしね。鼓巳と清武じゃあ、どうしたってそういう問題は出てくるだろう」

むしろ、と彼は続けた。

「清武が駄目なら、俺と結婚するってのはどう？」

「――えっ？」

思ってもみなかった種類の言葉を聞かされて、鼓巳は顔を上げて弘を見つめた。鼓巳の驚きっぷりに、彼は傷ついた、という表情をあからさまに見せる。

「そこまで驚くことはないんじゃないか」

「だって、弘さんがそんなこと言うなんて……」

「エッチまでした仲じゃないか」

そんなことを言われると、ひどく気まずかった。

「弘さんは、なんていうか…、もっと軽い気持ちで、そういうことをしてるんじゃないかと思ってたから……」

「そういう時もあったよ。でも、俺はちゃんと鼓巳のことは好きだよ」

彼は畳みかけるように続けた。

「それに、俺なら君の身体のことはよく知っている。ずっとメンテをしてきたからね。そして番を作れば、鼓巳もさほどフェロモンにも影響されなくなるだろう。悪い話じゃないと思うけど？」

確かに弘の言う通りかもしれない。彼はいい人だ。鼓巳にも優しくしてくれる。結婚相手としても申し分はないだろう。

「弘さんは俺でいいの」

「君がいいんだよ」

彼は穏やかに鼓巳に笑いかけた。

「鼓巳は清武に、君のことを諦めさせたいんだろ。なら、これが一番いい方法だと思うけど？」

「……そうかもしれない」

だがそうなれば、もう三人で集まることもなくなるだろう。それどころか、鼓巳はもう清武と会うことすらなくなるかもしれない。

だがそれはわかっていたことだ。

清武の側にいるのは幸せだった。だがそれも――もう。

「わかった」

鼓巳は頷いた。

「お願いします。弘さん」

鼓巳は弘と結婚することを了承する。彼は立ち上がると、テーブル越しに軽く口づけてきた。

「大切にするよ」

(これでいいんだ)

鼓巳はこれが一番いい方法なのだと、自分に言い聞かせるようにつぶやく。

清武と自分は結ばれることはない。むしろこれまで一緒にいられたのが奇跡だったのだ。本来なら、組の者を多く傷つけた自分は、なんらかの処分を受けたはずだ。清武が取りなしてくれたから、身体を売る程度で済まされた。

清武には感謝してもしきれない。彼には、こんな問題のあるオメガなんかじゃなくて、しかるべき人と添い遂げてほしい。

それが鼓巳の願いだった。


「今日も少し遅くなるかも」

「わかった。気をつけて」

今朝も鼓巳は、弘を部屋から送り出していた。会話だけを聞くなら、まるで新婚のようなやりとりだ。

鼓巳は弘の求婚を受けてから、一度も一ノ葉家に帰らずに彼の部屋にいる。番になる約束をしたというのに、彼はまだ鼓巳を噛まなかった。清武の結婚を見届けてからにして欲しい、という鼓巳のわがままを弘が聞いてくれたからだ。

どうしてさっさと噛んでもらわないのだろう。そのほうが諦めがつくのに。

自分に対する問いに、鼓巳は答える。

――清武が結婚する姿を見てからのほうが、ちゃんと諦められるじゃないか。

少しでも清武に未練がある状態で弘の番になるのは、彼に対しても失礼だと思った。どうせならちゃんとふっきれてから弘のものになりたい。

それにしても、彼は最近忙しそうだった。朝早く出て行って、夜も遅く帰ってくる。そのせいか、鼓巳は噛まれるどころか、彼に抱かれてもいない。

「気をつけて」

「ああ、ありがとう」

弘を送り出し、掃除でもしようかと思った時だった。インターフォンが鳴り、鼓巳は受話器を取り上げる。オートロックのカメラが訪問客を映し出した。そこにいたのは、スーツ姿の男。

『――鼓巳さんですか？』

「っ」

『清武さんが結納を交わすことになりました。つきましては、親族として鼓巳さんにも出席して欲しいと親父さんが』

「それは、いつですか」

もう結納まで話が進んでいる。もっと何ヶ月も先だと思っていた。鼓巳が弘のところに来てから、一週間ほどしか経っていない。

望んだこととはいえ、鼓巳は思わず問い返した。

『来週の月曜です』

今日は木曜だ。そんなすぐに。

鼓巳は受話器を持ったまま少し考えた。ほんの短い時間だった。

「……わかりました。すぐに行きます。そこで待っていてください」

弘には後から連絡を入れることにして、鼓巳は部屋を出て、一階へと降りる。そこには一ノ葉会の幹部の男が立っていた。鼓巳を見ると、事務的に会釈をする。

「お迎えに上がりました。鼓巳さんには結納が終わるまでご自宅に留まっていただきます」

「清武は？」

「清武さんも、ご自宅にいらっしゃいます。親父さんのご意向で」

それを聞いて理解した。清武も藤治に命じられ、ずっと家に留め置かれているのだ。

「それと申し訳ないのですが、ご自宅に戻られましても、清武さんとお会いになることはできません」

「わかってる」

藤治はそれを許さないだろう。鼓巳は素直に頷くと、外で待機していた車に乗り込んだ。

一ノ葉の自宅でほぼ軟禁状態で数日を過ごし、清武の結納の日を迎える。その日、鼓巳は用意された真新しいスーツに着替えた。何台かの車で会場である三橋組の本部に到着すると、そこに清武の姿を見た。

逞しい身体を黒いスーツに包み、長身の体躯をすっと伸ばして佇んでいる。隙のない、鼓巳がいつも見惚れていた姿だった。

彼の側に一人の女性がいる。豪奢な振り袖を纏《まと》った、美しく意志の強そうな顔立ちをした人だった。

あの人が、清武と結婚する人だ。

直感的にそう思って、鼓巳は思わず身を隠してしまう。清武とその女性は親しげに会話をした後、廊下を歩いて奥の部屋へと姿を消した。

（なんで隠れたんだ）

決まっている。あのまま彼と目が合ったら、熱っぽい視線を送ってしまいそうだったからだ。そんな目をしてしまったら、あの女性にもきっとわかってしまう。自分が清武に恋慕しているということが。

――――見たくない。

清武が女性と結納を交わすところなんか見たくない。

今更ながらにそんなことを思ってしまい、鼓巳の脚が重く固まる。だがその時、三橋組の者が鼓巳に近づいて言った。

「どうぞ、会場はあちらです」

指し示された方向は、先ほど清武と女性が向かった方角だった。その後を関係者がぞろぞろと追う。

「はい」

鼓巳もまた、仕方なく向かうことにした。無理やり動かした足はどうにか動いてくれた。

会場は広いホールになっていて、そこに両名の親族と組の幹部クラスが厳《おごそ》かに座っている。

鼓巳も親族席にひっそりと座った。すると清武がこちらに気づいたらしく、瞠目して立ち上がりかけたが、藤治に何かを言われて座り直した。

「それでは、これより一ノ葉家、三橋家の結納の儀を執り行います」

司会役の三橋組の幹部の声で結納は始まる。

清武と三橋組の令嬢は、とても似合いの二人に見えた。きっといい家庭を作る。そんな未来が約束されたような取り合わせだった。きっと誰もがそう思うだろう。

式次第も半ばにさしかかった時だった。

部屋の隅の扉から、一人の男が静かに入ってくる。それに気づいた鼓巳は、男が懐から拳銃を取り出すところを見てしまった。その銃口が、真っ直ぐに藤治に向けられる。

「――危ない！」

鼓巳は咄嗟に立ち上がると、藤治を突き飛ばそうと彼の身体に触れた。射線上から藤治の身体がわずかにずれたが、その弾丸は藤治の肩を撃ち抜いた。

「――親父‼」

「何事だ！」

「三橋、てめえら、ハメやがったな‼」

あたりは騒然となる。三橋組の令嬢は清武からスッと離れて、硬く厳しい視線をこちらに向けていた。

（あなたは、清武を裏切るのか）

虚しい悲しさが鼓巳の胸に広がる。せっかく彼を幸せにしてくれると思っていたのに。

「親父、生きてるか」

「おう…。ざまあねえなあ」

掠れた声が、藤治が倒れた辺りから聞こえる。どうやら生きてはいるようだ。鼓巳は思わずほっと息を吐いた。そうしてふと、何故自分が咄嗟に藤治を助けようと思ったのかと思う。彼は鼓巳にとってよい養父とは言えなかったかもしれない。だが、血の繋がらない鼓巳を引き取って育ててくれたのは事実だ。客を取らされたのは、鼓巳自身がしでかしたことの落とし前をつけさせられたからだ。そして藤治は、清武の父親だ。父親が死ねば、清武は悲しむに違いない。鼓巳は彼のそんな顔は見たくなかった。

「ちょうどいい。アルファ殺しも一緒に片付けちまおう」

鼓巳の存在に目をつけた三橋組の男達が、こちらに銃を向ける。男の指が引き金にかかるのが見えた。黒々とした銃口が、やけにはっきりと見える。死ぬのだと思った。鼓巳は何故か、少しだけほっとするのを感じた。

乾いた破裂音がして、鼓巳は自分が撃たれたのだと思った。だがそれよりも前に、誰かが自分に覆い被さる。

――――え？

自分が受けるべき衝撃が来ない。ではこれが凶弾から鼓巳を守ってくれたのだろうか。

（誰？）

頭の中の疑問がはっきりと言葉になる前に、鼓巳は驚愕と恐怖で身体を強張らせる。手にぬ

るりと血がついた。

まさか、これは。この人は。

「…っ鼓巳」

苦痛を無理やり押し殺したような、掠れた声が響く。

「鼓巳、無事か」

「……清武」

鼓巳は目を見張った。凶弾から身をもって鼓巳を守ってくれたのは、清武だったのだ。

「──清武、どうして…っ！」

「まったく…、お前は昔っから強情でかなわねえなあ」

腹部に大きな血の染みが滲んでいて、それはじわりじわりと大きくなる。それなのに彼は立ち上がろうとするから、鼓巳は慌てて清武を押しとどめようとした。あたりでは銃撃戦が始まっている。お互いにテーブルや椅子を盾にして相手を殲滅《せんめつ》しようとしていた。

「おい、こいつを頼む」

清武は手近にいる男に鼓巳を押しつける。

「そいつを守って、親父と一緒に撤退しろ。いいか、絶対に死なすんじゃねえぞ」

「はい」

鼓巳を弘のマンションから連れてきた男が、片手に拳銃を持って鼓巳を抱きかかえた。

「清武──、清武は？」

「俺はまだやることがある」

清武は銃を手にし、弾倉をガチッと嵌めた。彼の口の端が凶悪に吊り上がる。

「舐めた真似をされて、このまま逃げ帰ったんじゃ笑い物になるだけだからなあ」

彼は唸るようにそう言うと、銃撃戦に加わり、猛然と反撃し始めた。彼の撃った弾で、三橋組の構成員達が一人、二人と確実に倒れていく。だがそれと同様に、清武の腹の傷もどんどん血を流していた。彼の命が、腹に開けられた穴から抜け出ていく。

「清武……、清武‼」

「いけません、鼓巳さん、こちらに」

彼の側を離れたくなかった。だが、自分がここにいればいるだけ足手纏いになる。鼓巳は血が滲むほどに唇を噛みしめながら、男に連れられて三橋組本部をどうにか離脱するのだった。


酸素を送り込む音が、規則正しく響いている。

酸素マスクに口元を覆われ、眠る清武を、鼓巳は静かに見つめていた。

「容態は安定しているから大丈夫だよ」

背後からの弘の声に、鼓巳はこくりと頷く。

「けど、危ないところだった――。出血がひどくてね」

無理もない。あの時、清武は最後まで残って三橋組と戦ったのだ。だがそのおかげでこちらの損害は最小限にとどめられ、奇跡的に双方死者は出なかった。最初に撃たれた藤治も、肩を負傷したがこちらも治療中で命に別状はない。

「清武は組を守ったんだ」

彼は立派にその役目と責任を果たした。それなのに自分は、逃げ帰るだけで何の役にも立たない。これでは清武の相手と認めてもらえなくて当然だった。

「アルファ殺しなんて言われるくらいなら、三橋組の奴らを少しくらい倒せたってよかったのに……！」

鼓巳の手が清武の眠るシーツを力任せに握る。自分の無力さがたまらなく悔しかった。

「三橋組の奴らは、おそらくまた来るだろうね。今度は全面戦争になるんじゃないかって、組長が言っていたよ」

そんなことになったら、清武はまた無理を押して戦うだろう。そうしたら今度こそ死んでしまうかもしれない。

そう思った時、清武の眉がぴくりと動く。ゆっくりと瞼が開けられ、その目が真っ直ぐに鼓巳に向けられた。

「――清武！」

「気がついたか」

清武は最初状況が掴めないようだったが、そこが病院だとわかると、口元の酸素マスクをむしり取ろうとする。

「駄目だよ清武」

「……鼓巳」

傷がまだ痛むのか、彼は顔を顰めて、掠れた声で言った。

「怪我はしてねぇか」

「……っ」

自分のほうがよほど重傷だというのに、清武は開口一番そんなことを言う。

「してない、よ…、清武、ごめん、ごめんね……、俺」

清武の目線が、鼓巳の後ろに立つ弘に移った。

「やっぱり弘のところに行ってたんだな。ならいい。変な奴のところに行くよりも安心だ」

鼓巳はぎくりとする。なぜなら自分は弘の求婚を受けてしまったからだ。

「清武、俺……」

「三橋組との婚姻は、親父のミスだ。俺は薄々こんなことになるんじゃねえかって思ってた。

だからこの件が終わったら、お前に一緒になってくれって言おうとしたんだ」

鼓巳は息を呑む。

「悪かった。お前に乱暴なことをしたよな。お前が怒るのも当然だ」

「怒ってないよ」

鼓巳の声に湿ったものが混じり始めた。清武の前で泣いてしまわないようにするのが精一杯だった。するとそんな鼓巳の頬に、清武の大きな手が触れる。温かかった。血が通っている。

「お前を自由にしてやりたいのに、俺は力が足りない。許せ」

「……そ、んな…」

我慢していたのに、とうとう大粒の涙が零れた。清武がそれをまるで尊いものであるかのようにそっと指先で拭う。

「だが俺は諦めない。近いうちにきっとお前を自由にする」

「清武」

「もう少し待っていてくれ、それまで……必ず」

それだけ言い残して、清武はまた眠ってしまった。鼓巳はぼろぼろと涙を流し、清武の大きな手を握りしめる。彼の指先に涙が伝った。

「……弘さん」

鼓巳は背後にいる弘に声をかける。

「ごめんなさい。俺、やっぱり……できない」

あなたとは結婚できない。

清武でないと。

自由になれなくてもいい。たとえ身体を売っても、それで彼の側にいられるのなら。

「うん、わかったよ」

弘は鼓巳を責めたりはしなかった。まるで最初からわかってでもいたように。

「鼓巳、清武の助けになりたいかい？」

肩に弘の手が置かれる。

「え？　それは、もちろん」

「なら、鼓巳にしかできないことがある」

弘の言葉に、鼓巳は思わず彼のほうを振り返った。

三橋組は、必ずもう一度仕掛けてくる。

一ノ葉会に仕掛けた罠が失敗に終わったとなれば、面子にも関わってくるからだ。

「本当に一人で大丈夫かい」

「何言ってるの弘さん、一人で行かなかったら意味がないじゃないか」

鼓巳は笑いながら車のドアに手をかけた。運転席の弘が心配そうにこちらを見ている。

「結納の日がああいう結果になって、三橋組も一ノ葉からの襲撃を警戒していると思う。だから、俺一人で行ったほうがいいんだ」

「……確かにそうだが」

弘は一度そう言ったものの、やはり納得はしかねているようだった。

「けれど君に何かあったら、俺は清武に顔向けできない」

「大丈夫」

ドアロックを外し、地面に足をつける。

「これは俺の落とし前だから」

そのままドアを閉め、鼓巳は歩き出した。数分も行くと、目の前に三橋組の本部が見える。

ほんの二週間ほど前に清武の結納に訪れた場所だ。結局その結納は罠であり、藤治や清武を始め多くの構成員が傷ついた。

本部の玄関は分厚い鉄の門扉で閉ざされている。鼓巳は壁に取り付けられたインターフォンを押した。鼓巳の姿はカメラで確認されているだろう。怪訝そうな声が聞こえてきた。

『何だ』

「一ノ葉会の、一ノ葉鼓巳と申します。先日のお詫びに参りました」

『……なんだと？』

「あなた方がこちらを陥れようとしたのは事実――。ですが、一ノ葉としても三橋組さんと事を構えるのは本意ではありません。幸い死人は出ていませんし、お互い手打ちにしては、ということです」

『それを何でてめえが言いに来るんだ』

「カメラで確認しているのなら、俺のことはご存じでしょう。そういうことです」

『――』

マイクの向こうで沈黙があった。うまくエサに引っかかってくれ、と鼓巳は内心で祈る。

『ちょっと待て。親父に確認する』

返答があって、しばらくすると施錠が解除される音がした。

――かかった。

向こう側から重い鉄の扉が開く。その先には、構成員とおぼしき男が二人立っていた。

「調べろ」

「はい」

そのうちの一人が鼓巳の身体を乱暴にまさぐり、武器を持っていないかチェックする。

「大丈夫です」

「よし」

来い、と促され、鼓巳は二人の男に引っ立てられるようにして連れて行かれた。建物の中に入り、廊下を何度か曲がり、前回は行かなかった場所に連れて行かれる。やがて到着した大きな扉の前には、若い衆が二人ほど立っていた。

「親父に取り次げ」

「はい」

若い衆が部屋に入っていく。やがて中から「入れ」という声が聞こえた。背中を押されるようにして中に入ると、そこは広い応接室のようなところだった。中央の大きなソファには、先日も見た三橋組の組長が座っている。一見ごく普通の、まるでどこかの会社の社長のようにも見えるが、その目の奥に潜む抜け目のない凶暴さは隠せていない。極道にはよくいるタイプだ。

「おめえがアルファ殺しかあ」

男は鼓巳の姿を上から下まで舐めるように眺め回した。

「あの時も思ったが、キレイな顔してんなぁ」

「お褒めいただきありがとうございます」

鼓巳は軽く頭を下げ、そこからゆっくりと見上げるようにして男を――三橋組組長、三橋慶吾《けいご》を見やる。その艶を含んだ眼差しに、三橋の喉がぴくりと動いた。

「あんた、巷《ちまた》じゃえらい評判だ。なんでもえらく具合がいいとか、ベータでもお構いなしにフェロモン振り撒くとか――、今はそうでもないみてえだな」

ベータにまでフェロモンが及ぶとは、鼓巳自身も初耳だ。噂がよほど一人歩きしているのだろうか。それとも、それが本当のことなのだろうか。だが今はその噂が都合がよかった。

「今は薬で抑えられていますので」

「そうみてえだな」

三橋はくん、と鼻を鳴らす。

「アルファ殺しも、抑制剤にはかなわねえか」

「最近の薬はとてもよくできています」

「それで一ノ葉さんはあんたを寄越したわけかい」

「組長さん達に、悦んでいただければと――」

鼓巳は上着のボタンを外し、するりと肩から下ろした。ふわり、と甘い匂いが微かに漂う。

三橋に腕を掴まれ、鼓巳は男の膝の上にどさりと倒れ込んだ。服の上から乱暴に尻を掴まれ、両手で揉まれる。

「んっ」

「いいケツだ」

「んっ…んっ」

そのまま掌で前を掴まれて揉まれ、じん、とした感覚が込み上げた。

「感度もよさそうだな」

「ああ…っ」

鼓巳は耐えられないと言いたげに腰を揺らす。部屋の中にいる男達の視線が突き刺さるのを感じた。

「あ、そんなに、されたら…っ、我慢できなくなってしまいます…っ」

鼓巳は甘えるように三橋にしがみついた。男の手が衣服の中に滑り込み、肉茎を握られて扱き上げられると、本気の快感が腰を貫く。

「あっ、あっ」

後ろを弄る指が後孔を探り当て、ぬぷりと挿入された。そこはすでに熱く潤って、ひくひくと蠢いていた。

「ああっ…、後ろ、もっ」

「いい濡れっぷりだ。やはりオメガはこうでなくちゃなあ」

三橋の指で前と後ろを責め上げられる。快感が全身を支配し、鼓巳は自ら腰を揺らした。男の膝の上で背を反らし、淫らな嬌声を上げる。

「あ、あ――～っ、い、いくぅ…っ！」

ビクン、ビクンと上体を痙攣させた後、三橋の手の中にたっぷりと蜜液を吐き出した。頬が紅潮し、口の端から唾液が滴っている。恍惚とした表情は、その場にいる男達の意識を釘付けにした。

「ん、あ…っ、こんなことされたら、も、たまらな…っ、はやく、挿れてくださ……っ」

いまだ中にいる三橋の指を鼓巳は食い締める。くちくちと動かされると、髪を振り乱して哀願した。

「あっあっ、お願い、おねが…っ！」

「淫乱め…っ」

三橋は声を上擦らせ、自身の凶器を引きずり出す。天を突くそれは真珠でも埋め込んでいるのか所々がグロテスクに隆起していた。

「お望みどおりこれで可愛がってやる。耐えられるか？」

荒い息の下で、鼓巳はうっすらと淫靡に微笑んだ。

応接室の中は充分に広いというのに、むわっとした空気で満たされていた。三橋に許された幹部の男達が一人、また一人と集まり、この狂宴に目を奪われている。

「ああっ、ああっ！　あぁあ――――～～っ」

三橋に後ろから抱えられ、両脚を持ち上げられるようにして、鼓巳は身体の奥深くまで犯されていた。肉環をこじ開けられ、太いものを咥え込まされた肉洞は、真珠の入った男根で擦り上げられている。その時のおぞましいほどの快感は鼓巳を乱れさせ、我を忘れさせていた。

「ああっ…ひぃぃいっ」

「どうだ、気持ちいいか」

「あぁっ、うんっ…あっ、いい、気持ち、いい…っ！」

どちゅどちゅと突き上げられている場所を、何人もの男の目に晒されている。繋ぎ目は白く泡立っていた。あまりに淫らすぎる光景に、その場にいた者が固唾を呑む。

「ああっ、もっと、もっと…！」

自分の身体を見せつけるように背を反らし仰け反った。胸の上には勃起した乳首がぷつんと膨らんでいる。

「あぁっ、ここ、吸って…っ」

卑猥に色づいた乳首を自分の指で転がし摘まんだ。するとふらふらと男が二人近づいてくる。

鼓巳の胸に顔が近づけられ、二つの乳首にそれぞれ舌が這わせられた。

「あぁあっ！　はっ、あんっんっ、いい…っ」

じくじくと疼いていた乳首を思い切り舐め転がされ、吸われて、身体の中が痺れてくる。体内の三橋を思いきり締め上げてしまい、背後の男は低く呻いて鼓巳の中で達した。

「うおおっ…」

「んあぁあぁあ」

嬌声を上げ、鼓巳もまた達する。三橋はぜいぜいと息をつくと、鼓巳の中からずるりと自身を引き抜いた。すると鼓巳は別の男達の手で床に這わされ、まだヒクついている後孔に別の男根がぶち込まれる。

「うあぁあっ」

悲鳴を上げる鼓巳に構わず、容赦のない抽送が襲ってくる。脚の間には別の手が、胸の突起にはさらに別々の手が伸ばされ、全身を愛撫されながら犯された。

「あっ、あううう、ふあ、あっ！　あひぃい…っ」

快楽に侵され、悦びの声を上げながら身悶える。背後の男が達すると、また別の男がもどかしげに挿入してきた。

「おい、まだかよ！」

「うるせえ、待ってろ！」

その場にいた男達は順番を争うように鼓巳に覆い被さってくる。

「うう、ああ…っ」

肉洞にはもう何人もの男の精が注がれ、後孔から溢れてきていた。それでもまだ陵辱は終わらない。だが、その時だった。

「いい加減にしろっ、てめえっ！」

すぐ近くで言い争う声と、人が殴られた音がした。何しやがる、と殴られた男が言い返して、相手を即座に殴り返す。

それがきっかけで、辺りは騒然となった。まるで充満したガスが引火したみたいに、そこにいた男達は相争った。彼らは自分達の絶対的な主である三橋をも、構わずに乱闘の対象とした。

「――――…っ」

異常な興奮状態に包まれた部屋は修羅場となる。彼らは己の中の凶暴性を誘発され、もはや獲物であるはずの鼓巳さえ目に入らなくなっていた。

そんな男達の争いの中から抜け出して、鼓巳はそっと部屋を出る。手にしたシャツだけを羽織り、物陰に隠れながら建物を脱出しようとした。騒ぎを聞きつけた構成員が身を隠した鼓巳の横を通り過ぎていく。だが、事態はすでに収拾がつかなくなっているはずだ。部屋に入った途端、彼らも乱闘に巻き込まれるだろう。向こうで大きな破壊音がした。もしかしたら、壁か何かが崩れたのかもしれない。

『──ようやく完成したんだ』

あの時、清武が入院している病院で、鼓巳は弘に打ち明けられた。

『これは君のフェロモンを爆発的に拡散させる薬だよ。飲んでだいたい三十分もすれば効き始める。アルファもベータもお構いなしだ』

本当は、君のフェロモンを抑えるために研究していたんだけどね。

『けれど抑えるどころか、ますます凶暴化させるものしか作れなかった』

そうすまなそうに告げる弘に、鼓巳は首を振って礼を言った。

『──ありがとう、弘さん』

これで、三橋組を混乱と失墜に陥れることができる。

くしくもそれは、鼓巳が一ノ葉の構成員を傷つけたものと同様の効果をもたらすことができた。それも何倍にもなって。

後は、逃げるだけだ。

どうにか構成員の目を盗み、鼓巳は建物の外に出た。シャツ一枚の姿では心許ないが、どうにか弘の車まで行けば──。

鉄の扉の施錠を解除しようとした時、扉に銃弾が当たり、鼓巳のすぐ脇に跳ね返っていった。

振り向くと、そこには三橋が拳銃を構えて立っていた。頭から血を流している。血走った目が、今にも鼓巳に食いつかんとしていた。

「舐めやがって……ガキが……！」

あの場から出てこられたのか。

さすがは組長と言ったところか。鼓巳の背にひやりとしたものが走った。

「動くんじゃねえ！　蜂の巣にするぞ」

三橋がゆっくりと近づいてくる。

（ここまでか）

三橋組には充分なダメージを与えることができた。だが、自分は生きてここから出ることはできないだろう。

――仕方がない。

清武にはもう会うことが叶わない。それだけが心残りだった。どうか幸せになって欲しい。清武は、俺にとって一番大切な人だから。

「よくもやりやがったな。バラバラにして山奥に捨ててやる。その綺麗な顔も手脚も、獣に食わせてやらあ」

三橋はこれ以上ないほど憤っていた。構成員の理性を奪い、殺し合いをさせた鼓巳に対する憎悪と欲望が凶暴性を増し、組長としての冷静な判断力を失わせている。だが丸腰であり、逃げ場のない鼓巳の命を奪うには充分だろう。

（清武）

最後に一度だけ会いたかった。

鼓巳は肩の力を抜き、背中を鉄の扉に預ける。黒々とした銃口がこちらに向けられ、指が引き金にかかった。瞼を閉じる。だがその瞬間、別の銃声が聞こえ、鼓巳ははっと目を開けた。

地面に三橋が転がっている。

何が起きたのか、鼓巳は一瞬わからなかった。

「無事か、鼓巳」

聞き覚えのある声に名を呼ばれる。鼓巳が視線を移すと、今この瞬間も想っていた男がまさにそこにいた。

「…清武……！」

どうして彼がここに。

清武は銃を下ろすと、呆然としている鼓巳に近づいてくる。そして鼓巳の格好を見ると、不愉快そうに眉を顰めた。だが何も言わない。

「間一髪だったな」

清武はそう言うと、鼓巳を抱き上げた。

「清武」

「話は後だ。行くぞ」

「でも、どうやって」

鉄扉は内部からロックされているのか開かない。だが彼は顎で向こうを指し示した。

「あれだ」

「……えっ!? あれって……」

あれは、さっき乗ってきた弘の車ではないだろうか。それが周りを取り囲む壁に突っ込み、一部を破壊している。運転席では弘がハンドルを抱えるようにして、大変不満そうな顔をしていた。当然だろう。車の前方部分が大破している。もしかしたら、先ほど聞こえた大きな破壊音は、これだったのだろうか。

「なんて無茶を……」

「いいから乗れ、ずらかるぞ！」

清武は鼓巳を車に押し込むと、それと同時に車が動いた。清武も滑り込むようにして後部シートに乗り込む。

「ったく、修理できなかったら弁償してもらうからな」

「ああ、一番いいモデルを買ってやる」

ぼやきながら運転している弘に、清武は軽口を叩いた。鼓巳だけが、状況を把握できないでいる。

「どうして……？」

清武はまだ療養中のはずだ。傷だって完治していないのではないだろうか。

疑問を向けると、彼は鼓巳を見てから、まず拳骨で軽く頭を叩いた。

「痛い」

「あまり心配かけるな、馬鹿が」

清武は怒っていた。鼓巳は肩を竦め、少し項垂れる。

「清武。あまり鼓巳を責めるな。今回のことは俺が提案したことだ」

「……お前は、こいつがどうなるか考えなかったのか」

「考えたさ。けど鼓巳を叱れるのは、彼を一番大事に思っている人間だけだ」

「俺がこいつを大事に思っていないと⁉」

「いつまでも親父さんの言うことを聞いて、鼓巳と結婚できないやつが言うことじゃないな」

「――弘さん、やめてくれ」

頬を張られたような顔をする清武を見ていられなくて、鼓巳は思わず口を挟んだ。

「清武は充分俺を守ってくれた。初めてのヒートで、俺のフェロモンでみんなを巻き込んでしまった時、本当なら俺はあそこで処分されるはずだったんだ。清武がかばってくれたから、今の立場になることで済んだ」

それだけで充分なはずだったんだ。それ以上を望んでしまったのは、欲深い鼓巳の罪だ。

「清武だって自分の立場をわきまえないといけない。彼は一ノ葉を背負う人間なんだから。誰だって、そんなに好き勝手はできないんだ。俺は、俺は清武が抱いてくれただけで、充分だよ」

「――――」

車内に沈黙が満ちる。走行音だけが響く中で、鼓巳は唇を噛んだ。弘にもひどいことを言ってしまっただろうか。彼の手助けなしでは、今回の件は不可能だったのに。

「悪かった」

清武がぼそりと呟いた。

「鼓巳の言う通りだ。この世界は規律が必要だ。組織の上にいるからって、好き勝手はできねえ。鼓巳に身体を売らせるなんてやめさせたいのに、こうすることでしかこいつのことを守れねえって思い込んでたのは事実だ。番になりたかったが、鼓巳の言うこともっともな気がして、強引にできなかった。いっそ無理やり噛んじまえばよかったな――」

「それはどうなんだろう。番なんだから、相手の同意をとることは大事だよ」

「やっぱそうだろ？　俺の気持ちも理解できるじゃねえか」

「まあねえ――」

先ほどまで舌鋒鋭《ぜっぽうするど》くやり合っていたのに、いきなり態度が軟化した彼らを見て、鼓巳はきょとんとする。

「俺も力不足だったのは認める。狙っていた作用の薬を作ることができなかった」

「だからってこいつを危ない目に遭わせるなよ」

「悪かった。でもお前が来てくれたんだからいいだろう？」

鼓巳を送り出した後、車で待機していると、そこに清武がのこのこと現れたのだという。彼は彼で三橋組のことをどうにかしなければと、様子を窺いにきていたのだ。

「傷も治ったし、本部の警備とかどんな感じになっているのか確認しときたかったからな。そうしたら見覚えのある車が止まっていて驚いたぞ」

それで車を壁に突っ込まされた弘は気の毒という他はない。

「とりあえず、お前のマンションに送るよ。あとは二人でちゃんと話し合うといい」

「弘さんは？」

「俺は修理屋行き。——見積もりお前んとこに送りつけるからな」

後半部分は清武に向けられた言葉だった。清武はああ、と頷き、鼓巳の肩を引き寄せる。いいのだろうか、とまだためらいながらも、彼の体温が心地よくて、鼓巳はそっと清武に身体を寄せた。

「まず風呂だな」

清武の所有するマンションに来ると、彼は鼓巳をじっと見てそう呟く。何しろ鼓巳は、犯された身体もそのままに、裸にシャツを羽織っただけなのだ。

「あ…、ごめん」

思わず謝ると、清武は鼓巳の肩を抱いて浴室へ促す。

「いい。俺が洗ってやる」

「え、でも」

「お前がウリをするのを黙って見ていた俺が言えることじゃないが」

そう言って彼はバスルームのドアを開けた。

「はっきり言って今俺は自分にブチ切れそうだ」

「どうして？」

「お前な…、俺に意地悪しようってのか？」

困ったような顔をする清武に鼓巳は首を横に振る。

「違う」

清武に意地悪などできるはずもなかった。

「……お前に自分を犠牲にさせちまったことが情けねえってことだよ」

「犠牲なんて思ってない。あれは俺の落とし前だから」

「…何の」

「昔、一ノ葉の皆を傷つけてしまったことの」

「それはウリをやるってことで片付いたことだろう」

「ううん、違う」

鼓巳は首を横に振る。

「あれは俺への罰であって、落とし前をつけたことにはならない。ずっとそう思ってた」

「……」

清武がむっつりと黙りながら自ら服を脱ぐ。すぐに見事な彫り物を持つ肉体が露わになった。鼓巳は自分の身体の奥底が疼くのを自覚する。清武の身体を前にすると、いつもこんなふうに昂ぶってしまう。番の肉体でもないのに。それは鼓巳が、ひどく淫らな性質だからだということに他ならない。

「お前には敵わねえよ」

清武はそんな鼓巳の懊悩など知らないように、髪を撫でて浴室に促した。湯の温度を調整して、鼓巳の身体を丁寧に洗う。掌で泡立てたソープが肌を滑っていった。

「ん……っ」

明らかに性的な意図を持ったその指が身体中を撫でていく。それに感じないわけがない。

「清武……」

「うん?」

ちゅ、ちゅ、と音を立てながら、首筋や肩口に口づけられる。その感触にすら身を震わせて、鼓巳は彼を呼んだ。

「どうした」

「……清武に触られるの、全然違う。他の男の人にされても気持ちいいんだけど、清武だと、身体の奥のほうからふわあってなる」

「……っ」

そう言うと、清武は息を詰まらせたような顔をした。鼓巳の首筋に顔を埋めて、息を吸い込むような動作を見せる。

「……俺には、お前の匂いがわからない。普通にいい匂いだと思うが、ただそれだけだ」

清武の言う匂いが何を指しているのか、今の鼓巳にはわかってしまった。彼はオメガのフェロモンに対しての耐性を持っている。だから彼は鼓巳を前にしても凶暴化しない。

「時々、他のアルファが羨ましくなることがある。俺もお前のフェロモンに酔って、お前に支配されてみたかった」

「────」

清武の言葉に瞠目してしまう。鼓巳は自分のフェロモンに清武が反応しないことを、好ましいと思っていたからだ。

「それは」

「わかっている」

彼は鼓巳の言葉に被せるようにして言った。

「俺がフェロモンに反応しないからこそ、お前の側にいられる。けど、俺だけつまはじきにされたような気分にもなるんだ。しょうもねえよな――」

「……」

鼓巳には清武の言っている意味がよくわからない。鼓巳にとっては、この強すぎるフェロモンは他人を傷つける疎ましいものなのに、清武はあえてそれに傷つけられたいと言うのだ。

「だから、俺は他の奴らからお前のフェロモンを取り上げたい」

清武の歯が、首筋を軽く噛む。

「なあ、もういいだろう」

それはまるで懇願するような響きだった。強引に噛んでしまうこともできるのに、清武は鼓巳の許しを乞うように囁く。

「お前の番になりたい」

「……清武」

「俺と一緒になってくれ」

彼の熱い肉体が密着する。腰に触れる清武のものは岩のように硬くなっていて、鼓巳の息を乱れさせた。心臓の鼓動がうるさいほどに速い。

（もうだめだ）

清武の番に自分はふさわしくないとずっと思っていた。けれど、誰よりも彼の番になりたいと思っていたのも自分だ。見ない振りをしていた思いに、もう気がついてしまった。

「……おれ、の、俺だけの、清武になってくれるの…？」

「今までだって、ずっとそうだったつもりなんだがな」

清武は苦笑する。鼓巳はたまらなくなって、彼の広い背中をかき抱いた。

「噛んで」

一度言葉に出してしまったら、もう止まらなかった。

「噛んで。清武だけのものになりたい……、俺のこと、番にして下さい」

次の瞬間、首筋に火のような感触と衝撃が走った。清武の歯が鼓巳の首筋に食いつく。肌に刻まれる彼の噛み痕から、鼓巳の全身に信号が駆け巡った。

「あ、あ！」

快感の波がもの凄い勢いで体内を暴れ回る。がくがくと揺れる身体を清武に強く抱きしめられた。折れそうなくらいにきつく抱き竦められて、目眩にも似た感覚が鼓巳を襲う。

「……っ」

しばらくの間鼓巳の首筋を噛んで動かなかった清武がそっと口を離した。薄く血の滲んだ皮膚をそっと舐められる。背中にぞくぞくと震えが走った。

「大丈夫か？」

「ん……っ」

「どんな感じがするんだ?」

「……なんか、身体中ビリビリした。でも、すごく気持ちよかった……」

「これでお前は俺のものになったんだな」

「うん」

鼓巳は清武の首に両腕を回す。

アルファに所有されたいというのは、オメガの本能でもあるらしい。清武に噛まれた今、鼓巳ははっきりとわかった。彼こそが自分の運命の相手なのだと。

「鼓巳、俺は今、叫び出しそうだ。これが番ってやつなんだな――」

二人共、番になり繋がった感覚に悦びつつも戸惑っていた。鼓巳はもちろんだが、清武はこれまでオメガのフェロモンを感じてこなかった分、高まりが激しいようだった。

「……まずい、お前を傷つけそうだ」

「挿れていいよ」

こちらの準備はできている。清武を番として認識した肉体は、早く彼を迎えたいと内部から潤んでいた。

「いや、一度抜く」

清武は鼓巳の身体を返すと、後ろ向きにタイルの壁に押さえつける。

「足閉じろ」

「んあっ……！」

閉じた太股の間に、清武のものが捻じ込まれた。それは硬く大きく、そして熱い。それが後孔と肉茎の間の会陰を擦り上げ、双果の裏を押し上げた。

「あ、ああっ」

がくがくと膝が揺れる。敏感な場所を刺激され、挿れられていないのに肉洞に快感が走った。内壁がきゅうきゅうと締まる。

「ん、んん、あっ」

気持ちがいいのにもどかしい。今すぐ後ろに欲しい。足の付け根や会陰ばかりを擦られて、腹の奥が切ない。

「あっ、やっ…、そ、そこっ」

「もう少し…、待っていろ」

「嫌だ、待て、な、あっ、あああっ！」

ぐん、と一際強く脚の間を擦られ、鼓巳の肉茎から白蜜が弾けた。それと同時に太股で挟んだ清武も射精して、鼓巳の股間を濡らす。

「よし…、中のものかき出すから、足上げろ」

「あっ…」

絶頂に達して、頭をくらくらさせていると、清武が鼓巳の片脚を持ち上げ、バスタブの縁へと乗せた。そしてひくひくと蠢いている後孔の入り口へ、彼の指が挿入される。

「ふぅうんっ！」

「…おい、そんなに締めるな」

「んっ、む、無理っ、あんっ、あ、あぁっ！」

待ち望んでいた場所に、指とは言え与えられたのだ。鼓巳の内壁は大きくうねって清武の指に絡みつく。彼の指は、この中に出された三橋組の男達の残滓をかき出そうと動いていた。

「何人くらいに出された」

「わ、わからな…っ」

「もう、お前を他の男に抱かせたりしないからな」

清武の宣言に、鼓巳は後ろを振り返る。彼は睨むような眼差しで鼓巳を見ていたが、やがて眦《まなじり》がふっと柔らかくなった。

「そんな顔をするな」

「あう…っ」

唇が塞がれ、舌を吸われる。後ろはぐちぐちとかき回されていて、断続的な快感が背筋を這い上がっていった。

「もう噛んでしまったんだ。そうなればお前のフェロモンだって、もう出なくなるんだろう？」

「あ……」

そうだった。強烈なオメガフェロモンを発しない鼓巳に、娼夫としてどれほどの働きができるかわからない。今更ながらに、勝手にそんなことをしてよかったのだろうかという思いが生まれる。

「広げるぞ。力抜け」

「んん、あぁ…っ」

内部で指が二本広げられ、鼓巳の肉環がこじ開けられた。そこから白濁がとろとろと溢れてきて、鼓巳の内股を伝う。それを清武に見られるのはいたたまれなかった。彼はシャワーヘッドを手に取ると、濡れた鼓巳の内股を洗い流した。それから身体についた泡も洗い流す。

「前を向け」

鼓巳は彼のほうに向き直った。清武はシャワーで泡を落とす。過敏になっている肌は湯の刺激にさえ感じてしまって、横を向いてふるふると震えていた。シャワーヘッドがだんだんと下がってくる。どうなるのかわかってしまって、鼓巳はきつく目を閉じた。そして脚の間で頭をもたげているそれに、湯の矢が襲いかかる。

「あんあぁぁあ」

敏感な部分に細かな刺激を受けてしまって、鼓巳の背が大きく仰け反った。絶え間なく降り注ぐ細かな湯に肉茎をいっせいに責められ、腰がはしたなく揺れる。

「気持ちいいだろう。もっと強いほうがいいか？」

「あっ、あっ、だ…駄目、それ、あぁぁあ」

シャワーの湯量を強められ、更に強い刺激が肉茎を襲った。清武は湯の当たる角度を調整しながら、鼓巳の肉茎に快感を与えていく。ふいに湯の矢が鼓巳の先端の蜜口に当たって、強烈な刺激に腰が痙攣した。泣き声のような声が上がる。

「あ、あっあっ、そこだめぇぇぇ…っ！」

喜悦に美しい顔を歪ませて鼓巳はよがった。小さな蜜口を細かな湯の飛沫で叩かれる。こらえきれない波が身体の奥底から込み上げてきた。

「ああ、ああっ、い、いく…っ、いくぅぅ――〜〜…っ」

はしたない声を上げて、鼓巳はシャワーの責めで達してしまう。先端から噴き上げた白蜜は、湯と混ざって見えなくなった。だが、鼓巳の嬌声は止むことがなかった。

「ああっ、やっ、イってるっ、イってるからあっ」

鼓巳が達した後も、シャワーの勢いは弱まることがなかった。極めた後の肉茎を嬲られるとくすぐったくてたまらず、のけぞったまま声もなくひくひくと腰を揺らめかせる。

「お前は本当に可愛いな」

「な…っ、あ、あぁ…んんっ、や、これ…っ、も…っ、気持ちぃぃ…ぃっ」

褒められると陶然としてしまい、卑猥な言葉を垂れ流した。

「もう一度イってみるか？」

「あっあっだめっ、だめ、も…っ、んうあぁぁあっ」

清武がシャワーヘッドを器用に操る。その動きに翻弄され、鼓巳の淫蕩な声が浴室の中に響いていた。

くったりと力が抜けてしまった鼓巳の身体が、乾いたシーツにそっと横たえられる。少しの間自失していた鼓巳はその感触で目を覚ました。

「戻ってきたか？」

鼓巳は状況を把握すると、拳で清武の逞しい肩を叩く。彼はいささかもダメージを受けていないようだった。

「悪ふざけ、しすぎだ」

「ふざけてなんかいないぞ」

至って真剣な顔が鼓巳を黙らせる。

「俺はいつでもお前を最高に気持ちよくしたいと思っている」

「……」

そんなふうに言われてしまったら、鼓巳は黙るしかなかった。そう言えば、と、鼓巳はハッと思い出す。浴室で始まってしまった行為ですっかり頭から抜けてしまったが、彼は傷を負っていたのだ。

「清武、傷は…？」

「ん？　ああ、これか」

彼は身体を起こし、脇腹の傷に手をやる。塞がったばかりの生々しい傷跡が清武の身体にあった。

「もう治った傷だ。お前が心配するようなものじゃない」

彼はそんなふうに言う。確かにアルファの屈強な肉体は傷の治りも早いというが、銃で撃たれたのだ。

「痛くないの？」

「痛くない」

清武の言葉には自分の傷に対する無関心さが表れている。

「こんな怪我でいちいち大騒ぎしていたんじゃ、この世界では生きていけないからな」

確かにそうかもしれない。自分達のいる場所は非情で残酷だ。けど、だからこそ、自分達が番うことが必要なのかもしれない。

「俺がいたら、清武の励みとか、支えになる？」

鼓巳が言うと、彼は驚いたように瞠目した。

「そりゃあ、なるどころの話じゃないな」

清武に抱きすくめられて、鼓巳はその温かさに目を閉じた。

「むしろお前がいなくなったら、俺は立ちゆかなくなる」

「まさか」

鼓巳は笑ったが、彼は笑っていなかった。その時気づいた。清武は鼓巳に対する時、いつも真剣なのだと。

「でも、もう俺のものにした。これからは一生、俺のものだ、鼓巳」

清武の指先が先ほど噛まれた痕を愛おしげになぞる。すると身体の中がカァッと熱を持った。

「んん――」

覆い被さってきた清武が唇を塞ぐ。深く合わさったそれは、息も止まるような口づけになった。熱い舌で口腔を舐め上げられる。舌を強く吸われると、身体がびくびくとわなないた。

「ん、ふっ…、んん…っ」

上顎の裏をくすぐられて鼻から甘い呻きが漏れる。舌が絡み合う度に、腰の奥が切なく疼いた。

「はあ、あ…っ」

「鼓巳、俺の、鼓巳――」

彼がそう囁く度に、泣きたくなるような感情が込み上げてくる。もうどうにでもして欲しかった。

「清武、清武……、めちゃくちゃに、して――」

「いいのか、そんなこと言って」

「んん…ん、いい…っ」

はやく、と腕を伸ばすと、また熱烈に口づけられる。それで鼓巳は更に我慢ができなくなった。

「後で文句言うなよ」

「言わな、い……！　あん、あぁっ」

乳首を摘まれ、小さな悲鳴のような声を上げる。もう硬く尖っていたそれは、清武の指先で転がされると乳暈まで卑猥に膨らんだ。ぷっくりと腫れた突起をつつかれ、カリカリと引っかかれてゾクン、ゾクンと背筋が震える。

「あぁ、んぁっ」

「鼓巳はここも好きだったよな」

「あ、あ…ん、すき…っ、乳首、きもちいい…っ」

そこは性感帯の中でも特に敏感な場所のひとつで、こんなふうに弄られたり、舐められたりすると身体中が痺れてしまう。

「舐めてやる」

「ん、あぁ…っんっ、んっ」

片方のそれを口に含まれ、ちゅううっと音を立てて吸われてしまい、鼓巳は背中を浮かせて喉を反らした。清武の口の中でころころと転がされてしまい、そこからたまらない快感が身体中に広がっていく。

「あ、くっ、うっ、あ、あぁ…んんっ」

はあ、はあ、と息を乱しながら喘いだ。胸の先が甘く痺れて、そこから熔けていってしまうようだ。濡れた乳首を舌先でピンピンと弾かれる度、腰が小さく跳ねる。刺激が下半身に直結して、脚の間がまた痛いほどにそそり立った。

「っく、あぅんっ…、ふぁあっ」

強い刺激が体内を貫いて、身体が大きく跳ねる。

「ん…？　噛むと痛いか？」

「い、痛くない…、優しく、噛まれるの、いい…」

「そうか。じゃあもっと優しく虐めてやろうな」

「…あっ、あ――っ、あっ！」

何度も軽く歯を立てるようにいたぶられ、耐えられずにびくびくと震えた。ひとしきり嬲られた後で宥めるように優しく舐められると、あまりの気持ちよさに腰が痙攣する。

「こっちもしてやる」

「んん、ふう…っ、んっ、ああ、あ…っ！」

もう片方も舌先でねぶられ、歯を立てられながら虐められた。下腹の奥がぞくぞくと感じて、覚えのある感覚が込み上げてくる。

「う、ああっ、も、あ、もうっ、い、イく、う…っ」

「乳首でイくのか？」

清武はあからさまに鼓巳を胸の突起でイかせようと執拗な愛撫を加えてくるくせに、からかうようにそんなことを言うのだ。

「だ、め…？」

拗ねてみせる余裕もなく、哀願するように訴える。すると清武は優しい声で答えた。

「いいさ。遠慮するな。気持ちよかったらイけばいい」

そして乳首に吸いつき、舌先でねっとりと転がしてくる。もう片方も指先でくりくりと揉まれ、ぎゅうっと押し潰すようにして刺激された。

「ああっ…、あっ、そ、れ、いい…っ、んあっ、あぁ——～っ」

びくん、びくんと全身を大きく波打たせて鼓巳は達した。先ほどシャワーで丹念に責められた股間のものは今はまったく触れられておらず、それでも先端から愛液がとろとろと零れる。

「ふあ、ああ……っ」

内奥が切なくうねるのを感じながら、じんじんする余韻に酔いしれる。清武が後戯のようにそっと乳首を舐め上げてくる。その度に、ぴくん、ぴくんと身体が跳ねた。

「可愛かったぞ」

そんなふうに褒められる度、恥ずかしくてしかたない。彼は鼓巳の上体のいたるところに唇を落としながら、頭を下げていく。鼓巳は期待と羞恥にどきどきと鼓動を鳴らした。

「気持ちよくしてやるから、脚を大きく開け」

「……っ」

セックスの時の番の命令に鼓巳が逆らえるはずがない。震えながら両膝を立て、恥ずかしい場所をすべて曝け出すようにして脚を大きく開いた。今、清武の視界には苦しげにそそり立つ濡れた肉茎と、その奥でひっきりなしに収縮している肉環が見えるはずだ。

「ああ…っ」

浅ましい姿を清武に晒す恥ずかしさに熱い息が漏れる。彼は食い入るようにその光景を眺め、満足げなため息をついた。

「いやらしいな――。いい子だ」

太股に巻きつく蛇をするりと撫で上げられる。びくりと腰を震わせる間に、清武は顔を埋めてきた。

「んっああっ」

肉茎をぬるりと口腔に包まれ、その熱さに声が上がる。彼の弾力のある舌が肉茎に絡みついてきて、感じやすいそれを優しく扱いた。

「あぁ……うう…っ」

カアアッ、とそこが熱くなる。腰骨が焦げつくような快感に喉が反り返った。鼓巳の肉茎はほんの少しの愛撫も耐えられないくらい敏感なのに、シャワーで過激に責められた後、巧みな舌でまた可愛がられてしまうのだ。じっくりと口に咥えられ、強く弱く吸われると、鼓巳は耐えきれずに上体を捩り、枕をわし掴みにして喘いだ。股間から背骨に沿って駆け上がっていく快感に、脚の付け根がひくひくと痙攣を起こす。

「お前のここは本当に虐めがいがあるよ」

裏筋を集中的に舐め上げながら清武が囁いた。先端の小さな蜜口は、苦しそうにパクパクと口を開けたり閉めたりしながら愛液を滴らせている。

「んあ、ああはぁうう…っ、い、いじめて、いっぱい、きもちいいこと、して……っ」

「もう俺だけにするんだぞ?」

そう言われて、鼓巳は何度も頷いた。いい子だ、と囁かれて先端をぬるぬると扱かれる。腰が抜けそうになった。

「あああ、あひぃぃ…っ」

今にもイってしまいそうな快楽なのに、うまく射精ができない。清武が肉茎の根元を指で強く押さえているからだ。

「まだ我慢していろ。ここくすぐってやるから」

「んぁああっ、あっやだっ、あっ！　あっあっ、あ――〜っ！」

先端の割れ目で舌先がちろちろと動く。我慢できない快感を強いられ、鼓巳の喉から嬌声が漏れた。喘ぎっぱなしの口の端から唾液が零れる。

「もっ、もうだめ…っ、ああっあっ、と、熔ける、とけ…っ」

腰から下がどろどろに形をなくしてしまいそうだった。脚の爪先がぎゅううっと内側に丸まる。

「あぁ――…、いくう…っ！　〜っ」

鼓巳は絶頂をねだるように、ひたすら彼の前で腰を突き上げた。だが力強い腕でがっしりと押さえ込まれてしまい、それも叶わなくなる。結局鼓巳は清武の気が済むまで、快楽に弱い肉茎を舌で嬲られ続けるのだ。

「ひぃ……あぁぁあ……っ」

もう呂律が回らなくなるほどに虐められた後、ようやく根元の圧迫が消える。待ち望んでいた熱さがカアッと込み上げ、鼓巳は絶頂の予感に唇を震わせた。

「んあぁぁっ！　あっあっ、んう――〜っ、〜っ！」

がくん、と腰を浮かせて、鼓巳は清武の口中に白蜜を噴き上げる。頭の中が真っ白になり、もう何も考えられなかった。極みは長く続いて、鼓巳は泣くように喘ぐ。

「んあっ、ああっあっ」

びくつく肉茎を丁寧に清めるように舐めて、清武はそこから顔を上げた。濃密すぎる前戯に鼓巳はぐったりと手脚を投げ出している。

「まだダウンするなよ」

そう言われて、片方の脚を抱え上げられた。

「あっ、ま、まだ……っ」

まだ身体が絶頂の余韻にまみれている。そんな時に挿入されたら——。

「俺ももう我慢できない」

だが清武はきっぱりと宣言すると、その天を突く偉容の先端を鼓巳の後孔に押し当てる。互いに下肢を交差させるような体勢で、清武のものが鼓巳の窄まりの肉環をこじ開けていった。

「んあぁああ」

鼓巳が啜り泣くような声を上げる。

「あっ、はっ、はいっ、て」

「そうだ鼓巳。よく味わえ。これがお前の番のモノだ」

太く逞しいそれが、肉洞をこじ開けて侵入してきた。いっぱいに満たされる感覚に身体が浮き上がりそうになる。

「ああ、あぁぁぁぁあぁっ」

ずん、と奥まで突き上げられた瞬間、鼓巳は達してしまっていた。下腹にじゅわじゅわと快楽が広がる。こんなの、耐えられない。

「くあぁ…っ、あっだめっ、ま、待って、あっ！」

清武がお構いなしに腰を使ってくるので、鼓巳は慌てて制した。感覚がぐちゃぐちゃになっていて、少し待たないと落ち着いて感じられない。

「どうなっても知らないと言ったはずだ」

清武は行為が始まる前に鼓巳が煽ったことを持ち出してきた。そんなことを言ったって、と恨めしげな視線を向けると、彼はふっ、と笑って口づけてきた。体勢で圧迫されてしまい、鼓巳はんう、と声を漏らす。

「好きなだけイっていいから」

彼はさっき焦らしたことと引き換えのようにそう言って、深く挿入した腰を引いた。そしてまた奥へずうん、と腰を沈めてくる。

「あ、あ――～っ」

感じる粘膜が全部気持ちがいい。

(ビリビリ、くる)

奥のとある部分に当たると、脳まで電気が走ったように痺れた。清武は鼓巳の脚を抱え、狙ったようにそこに当ててくる。

「あうう――……っ、あっあっ、そこ、そこすごい、んあぁあっ」

「ここはお前の子宮の入り口だな。ここで俺の子を孕むんだ」

「ふあっ」

そこに先端を押し当てたまま、ぐっぐっと腰を押しつけてくる。腹の中が熔けるような快感に、声も出せずに仰け反った。

「今すぐにでも孕ませたいが――、避妊薬飲んでるんだよな?」

「っ、のん、でる」

身体を売る仕事には、その薬は必須だ。他にも性病検査など、鼓巳は定期的に弘のメディカルチェックを受けていた。

「じゃあ仕方ねえ。今度な」

「っ、あああぁぁぁあ」

どちゅどちゅと強く弱く打ちつけられ、鼓巳は切れ切れの声を漏らす。肉洞をかき回され、奥を捏ねられるのはまるで快楽の拷問のようだった。

「あっいくっ、イってるっ」

「ようし、いい子だ。そら、出すから、全部ここで飲み込めよ」

ずっと達しているような快楽の中で、清武の律動が速くなる。持ち上げられた脚の爪先がぶるぶると震えた。そして内奥に、どくどくと熱い飛沫が注がれる。

「ふあぁああっ、あっ出てるっ…、いっぱい、い」

清武の精を体内で受け止める。全身を多幸感が包んだ。気持ちがよすぎて啼泣する。清武はそれでもまだ抜かず、今度は鼓巳を後ろ向きに這わせた。双丘を乱暴なほどにわし掴みにし、背後から突き上げる。

「ああっ、はう、ア、あんんっあっ」

先に放った精と愛液が肉洞で混ざり合い、ひどく淫猥な音が繋ぎ目から漏れていた。それは白く泡立って、鼓巳の内股を伝い落ちる。音もだが、とてつもなく卑猥な眺めだった。

「あ、イく、またいくうう……っ！」

今の鼓巳は、下腹の中がぎゅうぎゅううねって、清武を締め上げている状態だった。だから彼が入っているだけでも感じてしまう。それなのに弱い場所を狙って突き上げてきたり、内部をかき回されたりするものだから、たまったものではなかった。鼓巳の身体が無意識にもがき、どうにかして快楽から逃れようと前へ出ようとする。だがそれに気づいた清武が、強引に腰を掴み、引き戻してしまった。

「逃げるな」

そうして、まるで逃げた罰だとでも言うように、深く挿入させた先端でごりごりと抉られる。

「ひっ、あ、んあぁぁああっ」

「お仕置きだ」

前に回った手に、肉茎を掴まれ扱き上げられた。強烈過ぎる快感に性感を滅多打ちにされてしまう。

「あぁ――――〜っ、だ、だめ、いっしょ、だめぇぇぇ…っ」

無慈悲過ぎる絶頂に責められ、鼓巳は清武の下で泣き喚いた。達している時、前から白蜜が出ているのかそうでないのかもわからない。理性を奪われるほどに責められ、泣かされて、お前は俺のものなのだと思い知らされるように抱かれて、鼓巳は死んでしまうほどに幸福だ、と思った。


嵐が過ぎた後は信じられないほどに静かで、時間がゆったりと流れていた。

限界を超えて抱き潰された身体はひどく気怠くて、鼓巳は眠りの中から意識を浮上させても、まだしばらくはそのままベッドに横たわっていた。

肉体は疲労していたが、気分はとても充実している。それはひとえに、この世で最も愛おしい男が側にいるからに他ならない。

「……目が覚めたか？」

大きな掌が鼓巳の髪をかき上げる。額に口づけられて、くすぐったさに肩を竦めた。先ほどまでの激しい交歓とはうってかわって、どこか静謐さを感じさせるような行為だった。

「ん……」

「無理させたな」

「大丈夫」

この身体は、清武に抱いてもらうためにあるのだ。

肩を抱かれ、甘えるように身を寄せると、ふいに真剣な声で彼は言った。

「明日、親父に話をつけようと思う」

「え」

彼の言葉に、鼓巳は思わず半身を起こして清武を見た。

「なんだ。お前も俺と結婚するって言ったろう」

「まさか明日の話だとは思わなかった」

それはいずれ、ということだと思っていた鼓巳は、明日だと言われて仰天する。

「そんなの、早いほうがいいに決まってるだろう。それに、もう噛んじまったからな」

清武の指が首筋の噛み痕をとん、と叩いた。鼓巳はそこを押さえ、思わず赤面する。

「番ってしまったんだから、親父ももう諦めるはずだ。まだなんかグタグタ言ってきやがるようなら、俺がなんとかする」

「無理しなくていいよ」

　あくまで父親と対決しようとする清武に、鼓巳は複雑な気持ちになる。本当に自分のために、彼を肉親と争わせていいのだろうか。父親のいない鼓巳はどうしてもそんなふうに思ってしまうのだ。

「無理せずに通る話なら、俺も無理なんかしねえ」

　彼の意志は固い。自分も覚悟を決めるしかない。

「……わかった」

　鼓巳の身体が微かに強張るのを感じたのか、清武が鼓巳を抱き寄せた。

「心配するな」

　温かい手が髪を撫でる。

「お前はあの時、親父を助けたんだ。それは親父もわかっているはずだ」

「俺は何も」

「お前があの時声を上げなかったら、親父は弾の当たり所が悪くて死んでいたろう」

　そう言われて、鼓巳は遠慮がちに微笑む。あの時は勝手に身体が動いただけだ。

「あんなんでも、俺の親父だ――。礼を言うぞ、鼓巳」

「清武がそう思ってくれたのなら、よかった」

「当たり前だろ」

広い胸に抱き込まれて口づけられる。

「俺はお前の番なんだから」

そう言われて、本当に番になってしまったのだと、改めて思った。

「アルファのほうからなら、解消することができるんだっけ」

「……何言ってんだお前」

清武の男らしい眉が不機嫌そうに顰められる。

「馬鹿なことばかり言ってると、もう一度泣かすぞ」

「ま、待ってくれ、今日はもう、ほんとにできない……！」

腰を抱き込まれ、慌てて清武を押し返すと、彼は冗談だ、と言って笑った。

「けど、俺はもうお前を離す気はないんだ。信じろ」

「……うん」

清武の肩に額を押しつける。もう寝ろ、と言われて目を閉じた。

夢も見ずに深く眠った。

「――もういっぺん言ってみろ」

一ノ葉の自宅の応接室で、藤治はむっつりとした顔のままそう言った。

「鼓巳と番になった」

清武は繰り返し告げる。鼓巳はそんな清武の隣に座り、藤治の反応を見ていた。

「だからこいつからはもう危険なフェロモンは出ない。ウリもやめさせる」

「ずいぶんとまあ勝手なことをしてくれたな」

藤治の着流しの衿元から白い包帯が見え隠れしている。傷が完治した清武と違い、こちらはまだ回復途中らしかった。年齢などを考えれば当然のことである。

「ついでだ。親父はもう引退しろ」

「……何ィ？」

鼓巳は驚いて清武を見やる。番になったことを報告する時のことは覚悟していたが、まさか引退勧告まで考えていたとは思わなかった。清武はそこまで考えていたのか。

「親父はもう充分に一ノ葉のために働いた。後は隠居して、ゆっくりやすんでくれ」

「おい、ふざけてんじゃねえぞ」

藤治の怒気が伝わってくる。当然だろう。息子が勝手に組の娼夫と番になり、おまけに引退しろと言ってきたのだ。

「だいたいな、俺は認めてねえぞ。そいつは組の取引に必要だ。フェロモンなんざ出なくとも、その顔と身体で充分用は果たせるだろう」

藤治は鼓巳をぎろりと睨みつけて続ける。

「清武、お前からなら番を解消できるだろう」

「――それ以上言うなよ、親父」

清武は藤治の言葉を遮った。

「その先を言われたら、俺も黙っちゃいねえ」

「け、お前が黙ってたことがあるかよ。――番を解消しろ、清武」

「親父!!」

「うるせえ!!」

藤治が恫喝《どうかつ》した。部屋の後ろで控えていた若い衆がビクつく。それほどの鋭い響きだった。だが清武はまったく臆したふうもなく父親を見据えている。

「――何が気にいらねえ」

「何がだと？　そいつはうちの組のモンを何人も傷つけやがったんだぞ。生かしてやっているだけでもありがてえと思え」

鼓巳は思わず目を伏せる。そのことは、やはりいまだに鼓巳の中に依然として消えない罪として残っていた。

「だからこいつは黙って落とし前を受け入れたんじゃねえか。おまけに三橋組に一人で乗り込みやがったんだぞ」

「……」

「奴らに嵌められた時も、こいつに助けてもらったことを忘れたのかよ」

「…それとこれとは別だ」

「別じゃねえ。それじゃ筋が通らねえ」

清武は譲らなかった。

「俺はこいつの番として生きていく。そして一ノ葉を守っていく」

「――どうしてもこいつと一緒になるっていうのか」

「ああ」

藤治は少しの間沈黙する。そしておもむろに、サイドボードの棚からドスを取り出した。はっとして身構えると、それが清武の前に放り投げられる。

「そいつで指を詰めろ。その根性があれば認めてやる」

「――親父さん‼」

それまで黙っていた鼓巳は思わず声を荒らげた。

「やめてください、指なら、指なら俺が詰めますから！」

清武にそんなことは絶対にさせられないと思った。目の前に置かれたドスを掴み取ろうとすると、清武の手に強く掴まれる。思わず彼のほうを見ると、清武はまっすぐ前を見ていた。

「左手の薬指以外でいいか。指がないと指輪を嵌める時に困る」

「好きにしろ」

「待て、待ってくれ清武、そんな！」

まるで何でもないことのように言う清武に、鼓巳は仰天して止めようとする。自分との結婚のためにそんなことはして欲しくなかった。

「それなら、いいから！　清武、番を解消してくれていいから……！」

彼の指には代えられない。番を解消されたオメガがどうなるのか、知らないわけではなかったが、それでもいいと思った。だが鼓巳がそう訴えた時、清武の怒気が伝わってきた。

「俺がそんなことをすると本気で思ってんのか」

「で、も」

「俺はお前を離さねえよ、鼓巳。指一本でお前と一緒になれるなら安いもんだ」

「――清武」

彼は口の端を上げて笑う。そうしてドスの鞘を抜くと、ためらいもせずに机の上に置いた左手の中指の上に刃を宛がった。次の瞬間、彼は一気に体重をかけるようにして刃を下ろす。

「――――っ！」

「っ……！」

鼓巳は手で口を覆った。だが、その光景からは目を逸らさない。彼がやると言ったのなら見ていなければならないと思ったからだ。それがどんなに凄惨な光景でも。

清武は苦痛の声を一言も漏らさなかった。鼓巳はハンカチーフを取り出すと、彼の左手に強く巻きつける。一刻も早く止血をせねばならなかった。

「これで認めてくれるのか」

「……お前の覚悟はよくわかった。俺はもう何も言うことはねえよ」

藤治は立ち上がり、左手を血に染めている自分の息子を見やった。

「その指は持っていけ。今ならまだ、くっつけられんだろ」

藤治は控えている若い衆に、車を用意しろと声をかける。

「親父」

「こんな甘っちょろいことを言うなんざ、俺もヤキが回ったなあ。お前の言う通り、もう隠居したほうが良さそうだ」

「――車の用意ができました！」

部屋住みの若い衆からすぐに声がかかる。鼓巳は清武を立たせて促した。氷を詰めたビニール袋に切断した中指を入れて鼓巳に渡してくる。こういったことは慣れているらしい。

車に乗りながら弘に電話をすると、俺は内科専門だからと知り合いの外科を紹介してくれた。こちらから連絡は入れておくからと言われて、感謝して通話を切る。教えられた病院を運転手に告げると、鼓巳は隣にいる清武に目をやった。彼は平然としているようだが、こめかみに汗が伝っている。痛くないわけがない。

「清武……」

大丈夫かと聞いたら、きっと彼は大丈夫と答えるに決まっている。だから鼓巳は名を呼ぶことしかできなかった。

鼓巳の胸が焦げつく。彼はいつもそうだ。鼓巳のために身を削るようなことをする。オメガはただアルファの背に守られているだけなのだろうか。番になったのだから、二人で立ち向かうこともできるのではないだろうか。

「心配するなよ。この世界に生きてたら、こういう事態になることも充分覚悟していたことだ。お前が気に病むことじゃない」

「――違う。清武。俺は怒っているんだ」

鼓巳の言葉に、清武は虚を突かれたような顔をした。

「こんなの、俺が望んでいると思うか。番ってそういうものなのか。俺達、一緒になるんなら、清武だけが傷つくなんてしちゃいけない」

「……」

鼓巳の訴えを彼は黙って聞いている。そしてぼそりと呟いた。

「俺だって、お前が三橋組に一人で乗り込んでいったと聞いた時は同じことを思ったがな」

「う――」

それを言われると弱いが、納得できない。

「俺は身体を傷つけたりしてない」

「本当にそう思うか？」

清武は鼓巳に視線を向ける。

「いくらフェロモンの助けがあっても、丸腰であんなところに単身で行くなんて、命の危険すらある。俺はあの時弘をぶん殴るべきだった」

「それは、違う。弘さんは選択肢を教えてくれただけで、悪くないよ」

「お前がそれを選ぶ可能性がある時点で教えるべきじゃなかった」

「清武は過保護すぎるよ」

「過保護だと⁉」

その言葉に、彼は聞き捨てならないことを告げられたように気色ばんだ。

「お前が身体を売ることを黙って見ていた俺のどこが過保護だっていうんだ」

鼓巳は息を呑んだ。

「毎回、毎回……、お前が無事で戻ってくるか、心配でたまらなかった。それだけじゃない、お前に触れる男にどうしようもなく嫉妬をしていた。何をされたのか確認せずにはいられなかったほどだ」

そうして自分の手で上書きせずにはいられなかった。

「そんな俺が過保護なはずがない」

「清武……」

鼓巳はもう何も言えなかった。彼の腕にそっと触れ、額をもたせかける。車は可能な限りのスピードで病院へと走っている。

この人は、俺を一番愛してくれている人だ。

微かに血の匂いのする車内で、鼓巳はただ一人の男に寄り添っていた。

前日まで降り続いていた雨でどうなるかと思ったが、その日は朝から快晴だった。抜けるような青空の下、鼓巳は白い打ち掛けを汚さないようにして庭に出てみる。少し冷たさをはらんだ空気が心地よい。

綿帽子の下から空を見上げて空気を胸いっぱいに吸ってみる。それから嵌められたばかりの指輪を日に透かしてみた。なんだか今も信じられない。

「ここにいたのか」

後ろから聞こえた声に振り返ると、そこには紋付き袴を身につけた清武がいた。

清武と鼓巳の婚礼は、一ノ葉会所有の施設で行われている。最初は神社で、と検討されたが、その筋の者達が集まればどうしても物々しい空気が付き纏う。そんな中で参拝に出会《でくわ》した一般人に遠慮させるのは忍びないと清武が言った。もちろん鼓巳に異存はない。この日を迎えられただけで御の字だ。

鼓巳は一ノ葉に養子として引き取られたが、清武とは血の繋がりがないので結婚できるらしい。調べた時にほっとした。

「何してたんだ？」

かけられる声は優しい。

「きらきらして、綺麗だなって」

鼓巳の隣に来た清武は、自分も同じようにして指輪を日に透かす。

「ああ、本当だな」

左手の薬指の隣の指には、縫合された線がくっきりと残っていた。あの日、自ら切り落とした清武の指は、どうにか無事に持ち主の手に戻った。神経もなんとか繋げられ、多少動きは鈍くなったものの、日常生活に支障はないくらいにまで機能も回復している。

「お前も綺麗だよ」

そういう清武とて、普段よりも男ぶりが増していて目に毒なほどだ。

「女の格好をさせてすまないとは思っているがな。……代々嫁側はこういう装束が決まりなんだそうだ」

「ううん、構わないよ」

少し重くて大変ではあるが、こんな晴れの日くらいは根性で着てやると思っている。

「清武がいいならそれで。俺は、一緒になれただけで嬉しいし」

あれから半年。この日を迎えるまでも色々と大変だった。清武は切断した指の縫合手術が終わるとすぐに退院しようとするし、藤治が組長を退いて隠居するために清武が後を継ぐと、その隙をついて三橋組とまた小競り合いがあった。今は双方おとなしくなってはいるが、次にまたいつこういうことがあるとも限らない。それに備え組織の内部を盤石にするまで半年近くがかかった。

「けれど、ようやくお前と一緒になれる」

「……うん」

指を絡め合い、手を握り合う。初めて彼と出会った日には、こんな日が来るなんて思ってもみなかった。夢には見たことがあったけれども、まさか現実になるなんて。

「幸せにしてやる」

「俺にも清武を幸せにできるかな？」

「お前と番になれて、俺はもうとっくに幸せだ」

「なら俺だってそうだよ」

きりもない睦言を交わしていると、後ろから大げさな咳払いが聞こえてくる。振り向くと、スーツ姿の弘が立っていた。

「そろそろ披露宴が始まるから呼んでこいって言われてさ」

「すみません、すぐ行きます、弘さん」

「なんだ、いいところだったのに」

清武がぼやくと、弘は肩を竦めて見せる。そんな彼に鼓巳は言った。

「弘さんにもいろいろお世話になって、ありがとうございました――。ごめんなさい」

最後の謝罪は、一度は弘の求婚を受けておきながら、断ってしまったことに対するものだ。

だが弘は笑って首を振る。

「いやいや。あれは駄目元で言ったことだからな。だから駄目になってしまったってだけさ。でもまあ、清武に番を解消されたら、いつでも俺んとこに来なよ」

「そんな日は永久に来ないから安心しろ」

牽制するような清武の声に、鼓巳は思わず苦笑してしまう。嬉しいのだが、少しだけいたたまれない気分だ。

「けど、俺としては、鼓巳さえよかったらまた三人で仲良くしたいものだけどな」

冗談めかした口調の弘に、気恥ずかしさが込み上げる。少し前までは時折三人で愉しんでいた。清武が鼓巳を番にしてからはそういったことはなくなっていたが。

「今までの反動か、こいつを独り占めしたいっていう欲求が出てきてな」

「別に無理にとは言わないよ。清武が本気だってことは昔から知ってたしね」

清武と弘のやりとりに、鼓巳はどきどきする。

「鼓巳はどうしたい？」

「えっ」

いきなり話を振られて驚いた。

「こいつとヤってもいいか？」

「っ、ええと…それは……」

鼓巳は必死で考える。弘のことは嫌いではない。今でも触られてもいいと思っている数少ない男の一人だ。後の男は、清武だけではあるが。

「……清武がいいなら俺は大丈夫だよ。弘さんがいなかったら今の俺はなかったし」

「そうか」

清武は怒らなかった。だが、少し複雑そうだ。

「まあ、そのうちにな」

婚礼衣装を着て言うことではないが、これが自分達の関係なのだと思う。弘はフェロモン過多のオメガである鼓巳の面倒を本当によく見てくれた。だから清武が許してくれるのなら、弘に抱かれても構わない。鼓巳の心はちゃんと清武のものなので、それは揺らぐものではない。

「じゃあ、行こうか」

「おう。……鼓巳」

清武が手を伸ばす。鼓巳はその手をしっかりと握った。

「疲れたか？」

すべての式次第を終え、二人はようやく戻ってきた。一ノ葉の本宅ではなく、清武のマンションだ。いずれは本宅のほうに住むが、今はまだ二人だけの空間にいたい。

「さすがにね」

普通の着物ならともかく、花嫁衣装というのはとにかく重い。緊張や慣れない儀式もあって、鼓巳はリビングのラグの上にへたり込むように座った。

「休んでろ。今、茶を煎れてきてやる」

「あ、俺がやるよ」

「いいからそこにいろ」

清武がさっさとキッチンに入ってしまったので、鼓巳は申し訳なくも甘えることにした。以前から清武はそうだったが、最近は殊更に鼓巳に優しい。あまり甘やかされると熔けてしまいそうだった。

しばらくすると清武は湯気の立つマグカップを二つ持ってきた。鼓巳の好きな茶葉の紅茶だ。

「熱いぞ」

「ありがとう」

ふうふうと息をかけて、時間をかけて紅茶を飲むと、やっとリラックスできたような気がしてくる。

「旅行の用意はできているのか？」

「だいたい」

明日から新婚旅行というか、そんなに大げさなものではないが、二人で温泉を巡る旅行が予定されていた。「ハワイでも行くか?」と言われたが、海外に出たことがない鼓巳はなんとなく気後れしてしまうし、それにどちらかと言えばハワイよりも落ち着いた風情の温泉のほうが清武と過ごすのにはいいような気がする。静かな環境で清武と過ごしたい。

「楽しみだな」

彼は鼓巳を見て笑っていた。鼓巳も思わず微笑み返す。そう言えば、二人きりで遠出をしたことはほとんどなかったのではないだろうか。

「鼓巳」

彼は手を伸ばして鼓巳を呼ぶ。

「おいで」

呼ばれた鼓巳は、猫のようにするりと動いてソファに座る清武の膝の上に乗った。

「――今日は、すごく綺麗だった」

「それなら、よかった」

窮屈さに耐えていた甲斐があったというものだ。それでも、これは彼と一緒になるための儀式なのだと思うと、それほど大変ではなかったのだ。むしろ嬉しい気持ちのほうが大きかった。

「だが、俺は今の飾らないお前も好きだな。鼓巳はそのままで充分綺麗だ」

「きよた……」

名前を呼び終わらないうちに、熱い唇が重なってきた。

「んん……」

ちゅ、ちゅ、と音を立てながら啄《ついば》まれたかと思うと、深く口づけられる。彼に触れられたところから甘く痺れるような感覚が生まれてきた。そういえば、式の準備やら何やらで、こうして抱き合うのは久しぶりなような気がする。

「ずっとこうして触りたかった」

鼓巳よりも先に、清武のほうがそれを吐露した。

「俺も……」

「なら、問題ないな？　疲れてないか？」

「だいじょうぶ、だよ」

すでに言葉を発するのがあやしい。今の口づけで頭の中がとろとろになったようだった。

清武の手が服の中に入ってくる。直に肌に触れられると、びくん、と上体が跳ねた。乾いた温かい手にまさぐられ、身体にいくつもの小さなさざ波が走る。

「は、ぁ…っ、あ、あっんっ」

清武の指先がとうとう胸の突起を探り当て、優しく転がしてきた。刺激に敏感すぎる鼓巳のそれはたちまち硬く尖り、ぷくりと可愛らしく膨れて彼の指先を愉しませる。

「清、武…っ、あぁ…っ」

そこを可愛がられると、腰の奥に快感が直結してしまって、鼓巳は彼の上で腰を揺らしてしまう。シャツがはだけられ、背中から回された手で乳首を弄られ、もう片方は舌で転がされた。

「んん、あっあっ、あ…っ」

二つの突起から堪えきれないような快感が身体中に広がる。清武の空いている手に硬いデニムの上から股間を撫で回され、腰の奥が疼いた。

「あ、あ、そこ……っ」

「ここも触って欲しいか？」

「んっ、んっ…」

もう我慢できなくて、こくこくと頷く。堪え性がなくて浅ましい。それが恥ずかしくて泣きそうな顔をしていると、清武が鼓巳の前を開けながら囁いた。

「お前が欲しがってくれると嬉しいよ」

そうして鼓巳の隆起したものが、いとも簡単に外に引きずり出される。

「っあ――……っ」

震えながら勃ち上がった肉茎を扱かれ、強烈な快感と共にぞくぞくっ、と官能の波が這い上がってくる。乳首と一緒に股間も嬲られて、鼓巳は背中と喉を大きく仰け反らせた。

「あぁ…あ……っ！　気持ちいい…っ」

先端はどっと愛液が溢れて清武の手をくちゅくちゅと濡らす。おそらくは後ろもぐっしょりと濡れていることだろう。内奥がひくひくと蠢いているのが自分でもわかる。

「溜まってるだろ。もうイくか？」

「あ、あ、イきたい……けど…っ」

「けど？」

こんなことを言ったら、呆れられないだろうか。鼓巳がためらっていると、清武が唇を啄みながら促してきた。

「言えよ。なんでもしてやるから」

元からそうだったが、最近の清武はとても優しくて、最中にこんなことを言われるとつい素直になってしまう。

「……終わりたく、ない……」

いつまでもずっとこの快楽に浸っていたい。そんなふうに訴える鼓巳に、彼はにやりと口の端を上げた。

「心配するな。まだまだ、たっぷりよがらせてやるから」

いつもそうしてやってただろ？　と彼は言うと、鼓巳の肉茎を根元から絞り上げるように虐める。

「──あっ！　あっ、ああっ！」

突き上げるような刺激が腰の奥に走って、嬌声が漏れた。清武の巧みな指が弱い場所を擦り上げ、くすぐって、鼓巳を追いつめてくる。

「あっ…、ううっ、っあ――〜っ」

がくん、と腰が大きく跳ねた。そのまま何度もうねって、鼓巳のものが白蜜を噴き上げる。びゅるびゅると音を立てそうなそれが清武の手を濡らし、革のソファに点々と白い跡をつけた。

清武は濡れた指をぺろりと舐めると、鼓巳のデニムを脱がしにかかる。鼓巳もそれに協力した。

「うう、あっ」

「よく濡れているな」

清武を受け入れるために、鼓巳の後孔は潤沢な愛液をたたえていた。彼がほんの少し力を入れただけで、ぐじゅうっ、と勝手に指が入っていく。そのまま前後に動かされ、卑猥な音が響いた。

「あっ、んんっ、ぅあ…っ、や、もう、ほ、欲し…っ」

指ではなく、清武の逞しい怒張が欲しい。鼓巳が震える指で彼の股間にそっと触れると、そこは服の上からでもはっきりとわかるほどに昂ぶっている。嬉しい。自分で興奮してくれている。

「待ってろ」

彼のものが衣服の中から取り出される。悠々と天を突く凶器。今からこれで、正体がなくなるほどに犯されるのだ。

「あ、熱い……っ！」

「ゆっくり尻を下ろせ。ゆっくりだぞ」

早く奥まで咥え込みたいのだが、清武の言うとおりに、鼓巳はゆっくりと腰を下ろしていく。ぐぷぷ、と太いものが内壁を分け入っていく感覚がたまらなかった。背筋から脳天へひっきりなしに気持ちのいい波が駆け上がっていって、奥まで呑み込んだ時に耐えきれずに達してしまう。

「なんだ。もうイったのか」

「…っなんかいも、してくれるって、言った…っ」

喘ぎながら言うと、清武は鼓巳を抱きしめ、濡れた唇に口づけながら「まかせろ」と答えた。

そして本格的な抽送が鼓巳を襲う。

「――っ！　あっ！　あぁんんんっ」

身体中が痺れるほどの快感に、鼓巳は何度も仰け反り、あられもない声を上げて快楽を味わった。もう体内にいる清武のことしか考えられない。

「っ…、あ、あ…っ、いい…ぃ、また、すぐ、イっちゃ…っ、ああっ……あっ！」

中のものをぎゅううっと締め上げ、鼓巳は絶頂の快感を味わう。腹の中でじゅわじゅわと快楽が煮え立ち、それが肉洞をひっきりなしに収縮させる。

「お前のナカがきゅんきゅん締めつけてきやがる。最高だぜ」

「あ、んっ、ああ、あっ、きよ、たけ…っ」

「……すぐに孕ませてやる。俺の子を産めよ」

清武の両手が乱暴に双丘の柔肉を掴み、揉みしだいてくる。そうすると内壁がよけいに刺激されてしまって、鼓巳は啼泣した。

彼の遺伝子を残せる。俺が。そう思うと歓びに胸が詰まって、身体が震えた。

「――――もっと早く、こうすればよかった……」

清武はそう言う。けれど、自分達にはこのくらいの時間が必要だったのかもしれない。でもそれもう、どうでもいい。今こうして、一緒になれたのだから。

「清武、清武……っ、す、き…っ」

「…っ俺もだ。俺も愛している、鼓巳……」

きつく抱き合って、互いを貪った。これから死んでも一緒だ。そう囁かれて、鼓巳は幸福に小さく身悶えた。

「———こっちに来い、おお、上手だ。いい子だな」

リビングでは藤治がよちよち歩きの幼子を相手にやに下がった声を出している。清武と鼓巳は、ソファからその姿を眺めていた。

「じぃちゃ、あー」

「よしよし、巳波《みなみ》はいい子だ」

皺の浮いた手が柔らかな髪の丸い頭を優しく撫でる。

「そのへんにしとけよ、親父。孫が可愛いのはわかるけどよ」

清武がやんわりと藤治を窘め、巳波を呼んだ。

「おいで巳波」

「ぱぱー」

巳波はきゃっきゃっとはしゃぎながら清武のところに走っていく。彼は幼子を抱き上げると、自分の膝の上にぽんと乗せた。

「お前の子とは思えないほどに可愛い子だな巳波は。鼓巳に似たんだな」

藤治の言葉に、鼓巳は少しびっくりしてしまう。清武と結婚する前までは鼓巳は確かに疎まれていて、自分と一緒になるために清武は指まで詰めたのだ。

それが、子供が生まれた途端、こんなふうに態度が軟化した。いや、軟化どころの話ではない。原型がない。

「そりゃあなあ。鼓巳は美人だからな」

清武の言葉を鼓巳が訂正した。

「そんなことない。眉の形なんか清武にそっくりだ」

あれから二年ほどが経った。清武と鼓巳の間には男児が誕生した。体調の異変を感じて弘のところに行くと、「ハネムーンベビーだね」などとからかわれた。確かにあの時は、少しは観光などもしたが、それ以外はずっと旅館の部屋で絡み合っていた記憶しかない。鼓巳にとっては最高に幸せな時間だったのだが、いざ結果として突きつけられてしまうと、少し恥ずかしかった。

だが、人並みの幸せなど考えたこともなかった自分が、今こうして好きな男の子供を育てている。鼓巳は今も、時々それが信じられなくなる。

「どうした?」

巳波をあやす清武の横顔を見つめていると、優しい眼差しが返ってくる。それは少しも変わることがない。

「清武にありがとうって思ってた」

「うん？」

「俺に居場所と、巳波をくれて。あと、側にいさせてくれて」

そんなふうに言うと、彼は少し驚いたような顔をした。

「まだそんなこと言ってるのか」

馬鹿だなお前は、と大きな手で頭を撫でられる。

「俺からしたら、こっちが礼を言わなきゃならん。鼓巳」

「え？」

「俺の番になってくれてありがとうな」

「――――」

ほら、まただ。

彼はいつも自分に、信じられないくらいの喜びをくれる。

「うん」

鼓巳は両手を伸ばし、我が子と清武を一緒に抱きしめた。

いつかの日々

鼓巳は音を立てないようにそっと家に上がる。いつもは意識をしないのに、廊下を歩く時の音がやけに気になった。早く自分の部屋に入ってしまおう。そう思っている時に限って、見つかりたくない人に見つかってしまう。

「鼓巳」

ふいにかけられた声に、びくりと身を竦める。おそるおそる振り返ると、そこには清武が立っていた。腕を組んで、壁に背中を預けてこちらを見ている。

「その格好、どうした」

「あ……」

鼓巳が身につけている制服はあちこちが泥と埃で汚れていた。顔にも擦り傷がある。こんな場面を押さえられてしまっては言い訳もできなくて、鼓巳は思わず顔を背けた。

「誰かに苛められたのか」

「……違うよ」

鼓巳は中学に入ってから度々こういうことがあった。自分ではよくわからないが、鼓巳の何かがクラスメイトを刺激してしまうらしい。普段から苛めを受けているわけではないが、時々放課後に待ち伏せられるようにして絡まれることがあった。

「ただちょっと、喧嘩しただけ」

「どう見てもそいつは、無抵抗で殴られたって感じだが」

「っ」

数々の修羅場をくぐってきている清武には、鼓巳がどういうトラブルに遭ったのかわかってしまうらしい。いたたまれなさと情けなさに視線を落とした。

「――来い」

「あっ」

腕を引かれ、清武の部屋に連れていかれる。彼は鼓巳をベッドに座らせると、救急キットを持って側にやってきた。

「上着脱げ。怪我を診るから」

「うん……」

もう観念した鼓巳は、制服の上着を脱ぎ、袖を捲《まく》った。二の腕と肘のあたりにいくつか内出血がある。

「素手か」

「うん」

「血が出ているところは、ここだけだな」

清武は消毒薬で鼓巳の口元をそっと拭った。ピリッとした小さな痛みが走る。眉を寄せると、彼は「痛いか」と聞いてきた。

「平気」

「ったく……、可愛い顔に傷をつけやがって。痕が残ったらそいつに落とし前つけさせるからな」

「そんなことしなくていいよ」

清武の口調がどことなく本気のように思えてしまって、鼓巳は慌てて言った。

「そもそもなんでやり返さないんだ」

「一人じゃ敵わないよ」

「俺は十人くらいまでなら一人で充分だが」

「清武と一緒にされても困る」

アルファであり屈強な彼と一緒にされる無茶振りに、おかしくなってしまって笑いが漏れる。

「なら、言ったらどうだ？　うちはヤクザの家だって」

そうすれば、おそらく誰も鼓巳に手を出そうとはしなくなるだろう。だがそのかわりに待っているのは遠巻きにされる疎外感だ。清武もそれはわかっているはずだ。なのに彼がそんなことを言うのは、清武がそれを物ともしない強い自信と精神力を持っているからだ。

鼓巳が何も言わずに小さく微笑むと、清武は鼓巳の鼻をぎゅう、と摘まむ。

「んぐっ」

「ナメられんな。やられたら、二度とそんな気が起きなくなるよう叩きのめせ」

「そんなこと、できないよ……」

　摘まれた鼻を押さえて答えると、清武はふむ、と考えるような顔を見せる。

「お前もそろそろ護身術くらい覚えたほうがいいかもな」

「ええ？　そんな、大げさだよ」

「大げさじゃない」

　清武は有無を言わせない口調で言った。

「それでなくとも、この世界で生きるなら自分の身は守れたほうがいい。さっそく明日からトレーニングするぞ」

　結局鼓巳は明日から護身術を学ぶことになってしまった。清武は自分の仕事もあるというのに、週に三回ほど庭で稽古をつけてくれる。それは多分に清武が我流で覚えた、超実践的とも言える護身術だった。人間の痛覚を確実に狙って相手を怯ませる、その隙に急所を狙って確実に仕留める。三ヶ月も経つと、鼓巳は自然と隙がなくなり、ちょっと小突かれたくらいではどうもしなくなった。

「――――おい、一ノ葉」

　その日の学校の帰り、鼓巳はまた待ち伏せをされ、周囲を囲まれた。今日は四人いる。

「最近調子こいてんじゃねえの」

「こいてない」

不思議だった。前方を塞ぐように立たれているというのに、どこを突破すれば出られるというのがなんとなくわかる。

「あっ、おい！」

人間のバリケードを破り、鼓巳は彼らを振り切った。すかさず脚が出されて転ばそうとされるが、跳躍するとその脚は空振りになった。

「えっ…⁉」

「あんだよ、コラ！」

それでも鼓巳を捕まえようと何本かの腕が伸びる。鼓巳は振り返り様、スクールバッグを大きく振った。すると横っ面をヒットし、そのうちの一人がもんどり打つ。

「うわっ！」

「おい、大丈夫か！」

彼らの意識がその一人に集まった隙をついて鼓巳は全速力で走り出した。追っ手はない。この日鼓巳は、クラスメイトの攻撃を完全に躱《かわ》したのだった。

だが、仕返しがあるかもしれないと、次の日に恐る恐る登校すると、件《くだん》のいじめっ子達は鼓巳の姿を見るとぎこちなく目を逸らす。

それ以来、鼓巳が彼らに絡まれることはなくなった。いじめっ子達は、鼓巳が無抵抗に殴られてくれるから仕掛けてきたに過ぎない。こちらがそれなりに対処すれば、ターゲットから外れてしまうのだ。それは生き馬の目を抜く極道の世界から見れば、児戯《じぎ》そのものだった。

「清武、ありがとう」

「うん？」

「もう苛められなくなった」

「おお、そりゃよかったな。ちゃんと全員ぶん殴れたか？」

物騒なことを言う清武に、鼓巳は困ったように笑う。

「そういうことはしなかったけど、絡まれることはもうなくなったよ」

「なんだ、つまんねえなあ」

清武は大きな手で鼓巳の頭を撫でた。

「ま、それならいい。俺の鼓巳を苛めるなんざ、許されることじゃねえからな」

「――――」

俺の鼓巳と、彼は確かにそう言ったのだ。

（また、どきどきする）

年の離れた血の繋がらない兄に、鼓巳はずっと惹かれていた。多分初めて声をかけてもらった時から。

許されるなら、彼のものになりたい。でもそれはきっと叶わないことだ。だからこうして、彼の側で弟だと思われるだけでいい。

バースが判明するまでのほんの数年、自分達の間に流れる緩く甘い空気を、鼓巳は愛おしんでいた。


「そんなこともあったかねえ」

「忘れてしまった？」

「今思い出した」

裸のままベッドでごろごろして、怠惰な時間を過ごしている。旅館だがベッドの部屋にこだわった清武の気持ちがわかった。布団だったら、今頃片付けられている。

清武とはつい先日結婚した。今は新婚旅行の真っ最中だ。とは言っても、ほとんどベッドの上で過ごしているようなものだった。

「あれから一度も苛められることなく中学を卒業した。清武には感謝している」

「そりゃよかった」

「あの時はいきなりトレーニングだとか言われてどうしようかと思ったけど、結局役に立った」

「けど、なんでまた急に昔の話なんてしだしたんだ」

清武の大きな手が、鼓巳の寝乱れた髪をかき上げた。艶やかな髪が、清武の指の間をさらさらと零れていく。

「清武はあの時からかっこよかったなと思って」

そう言われてこちらに視線をじっと固定する清武に、鼓巳は柔らかく微笑んだ。

「今、ほんと夢みたいだ」

「俺も、初めて会った時からお前のこと可愛いと思っていた」

「無理しなくていいよ」

「無理じゃねえ。ったく、今まで何聞いてたんだ?」

清武が鼓巳の上にのしかかってくる。まだ昨夜の痕跡が色濃く残っている身体は、条件反射のように彼の行為に反応し始めた。これが番との情交というやつか。

「聞き飽きてねえようだからまた言ってやる。俺はお前に惚れてる。番は一生解消してやらねえから諦めるんだな」

その言葉が鼓巳の身体中を痺れさせた。清武の番になる。それは望むことすらおこがましいほどだったのに、今現実となっているのがいまだに信じられなかった。死ぬまで彼の番として生きられるなんて。

「ん、んっ…」

唇が塞がれた。もう何度目の口づけだろう。けれど、鼓巳はその度に恍惚と受け入れてしまう。まるで生きもののような彼の舌を受け入れ、口腔をねっとりと舐め上げられた。

「舌、出せ…」

「っ、ぅ、うん…っ」

昨夜も何度もしているのに。それでも、こうして口づけをされ、組み敷かれると、身体がまた熔けていきそうになる。清武に触れられたところから甘く痺れていって、もうそのことしか考えられない。

「今日、どこか出かけたいところあるか」

清武が低い声で囁いてくる。それだけで背中にぞくぞくと官能の波が走った。

「ん、ううん、特に……」

「なら、続けていいか」

ずるい。そんなことを言われたら断れない。それでも無理強いはしたくないのだという彼の気持ちが伝わってくる。それがとてつもなく嬉しい。

「うん、したい……」

身体の内側がとろとろと濡れてくる。清武に抱かれるための身体に造り変えられていくようだった。それがとても嬉しい。たとえ淫乱だと笑われても。

「よし」

それから彼は鼓巳の耳をそっと噛んで囁く。

「うんと気持ちよくしてやるからな」

「あ、ぁ…っ」

これまでだって充分すぎるほど気持ちがよかったのに、これ以上になったら絶対におかしくなってしまう。それでも鼓巳の肉体は期待に疼いた。この身体はどこまでいやらしくなっていくのだろう。

「ん、んっくうっ」

昨日からさんざんしゃぶられて苛められた乳首が舌先で転がされ、口に含まれて優しく吸われる。たちまち尖ってしまったそこから甘い快感が広がっていき、勝手に声が漏れてしまう。

「あ、ふあ…っ、ああ…っ」

「お前、ここ…、好きだよな」

「うん、すき…っ、きもちいい…っ」

「可愛いな」

じゅるっ、と音を立てて少し強めに吸われて、鼓巳の背が仰け反った。

「ああ、はっ！」

もう片方も指でくりくりと捏ねられ、ひっかくように刺激される。我慢できない刺激に鼓巳の腰が何度も浮き上がった。

「ああ、ああ、ちくび…がっ……」

「うん？」

乳暈に軽く歯を立てられ、全身がびくんっ、と跳ね上がる。その後で優しく舌で撫でられて、腰から下が蕩けそうになった。

「乳首がどうした」

清武の口元が笑っている。彼はわかっていて聞いてくるのだ。そんな少し意地悪なところも嫌じゃないが、最中の鼓巳は余裕がなくて、恥ずかしくて泣きそうになる。それなのに興奮してしまっているから、たちが悪い。

「…っ乳首、いき、そう…っ」

ただでさえ敏感だった鼓巳の身体は、清武と番になってからもどんどん淫蕩になって、もう簡単に乳首でも達してしまえるのだ。

「遠慮しないでイけよ」

「んっあっ、あぁあっ！」

反対側もちろちろと舌先で転がされる。快感の種類が突然変わって、鼓巳は嬌声を上げた。

脚の間の肉茎が苦しそうにそそり立って、先端から愛液が溢れて滴っている。清武が突起を舐め上げる度に、肉茎へもびりびりと快楽が伝わってきた。

「あっ、ふっ、うう…っ、んあっ、あぁぁあっ」

　また強く吸われる。その瞬間、腰の奥で快感が爆ぜた。胸の先からも気持ちのいい感覚が身体中に広がっていく。

「ああっあ――～っ！　イっ…く、乳首、イくぅぅうう……っ！」

　鼓巳は仰け反り、素直に絶頂を口にした。卑猥な言葉を発すると興奮と快感がますます高まっていくような気がする。恥ずかしいのに、それが気持ちいい。

「また乳首でイっちまったな」

　ぷるん、と清武が口を離したそこは、赤く膨らんで乳暈まで腫らしていた。ぴくぴくと震えるそこをつん、と指で突かれ、鼓巳は高い声を上げて背中を浮かせる。

「ひぁっ」

「お前見てると、可愛がりたいのに、意地悪したくなる。なあ、お前がどんだけ俺のことひっかき回しているのか、わかってねえだろ」

「……っ」

　鼓巳の肌に音を立てて口づけながら、清武がそんなふうに告げた。頭の中がぼうっとして、彼の言っていることがよくわからない。

「んうあぁっ」

　清武の指が二本、鼓巳の後孔をこじ開けた。そこは清武の精と鼓巳自身の愛液とでぬかるんで、ぐじゅうっ、と音を立てる。肉洞がぴくぴくとわなないて、彼の指に絡みついていった。

「あっついな、お前のナカ。それに俺のと混ざってぐしょぐしょだ」

「あ、んん、あっ」

くちょくちょと前後に抽送され、時折内壁を捏ね回されて、下腹に重い快楽が走る。清武が時折弱い場所を掠めていくので、その度に鼓巳の太股に不規則な痙攣が走った。

「気持ちいいのか？」

「あっ、…あぁっ、き、きもちぃぃ…い、んんっ、そこ、そ…こっ、あぁぁあぁっ」

泣き所をぐぐっ、と押されて、一瞬頭の中が白く染まる。それからゆるゆると撫で回されると、鼓巳は喉を反らして啼泣した。

「奥のほうは、後から俺のもんで突いてやる。それまではここを可愛がっていてやるよ」

「あっ、だめっ、そ、こ、いい…っ、ふぁ、あっ、や、んあぁああ…っ」

二本の指で弱いところをくりくりと刺激され、下腹がじゅわじゅわと甘く痺れる。きゅうきゅうと指を締め上げると、軽い極みが下半身を襲った。

「あううう」

「ああ、今イったな」

清武が片手で鼓巳の両脚をもっと広げてくる。そこに彼の頭が沈んだ時、鼓巳の濡れた瞳が大きく見開かれた。

「あうぅうう～～っ」

股間の肉茎が、清武の口中に含まれる。過敏なそこに肉厚の舌がねっとりと絡みついて擦られ、脳が灼けつきそうな快感に襲われた。

「くうぅぅ――……っ、あっあっ、あっやっ！　そ、な…、いっしょ、は…っ」

前を吸われ、後ろを責められると、あまりの快感にどうしたらいいのかわからなくなる。口淫に耐えられず、鼓巳は腰を浮かせて清武の口の中に白蜜を放った。

「あぁはあぁあ……っ」

びゅくびゅくと放たれるそれを清武はためらいもなく飲み下す。けれどそれで終わりではなくて、達して過敏になっている肉茎にまた舌が這わせられた。

「あっだめっ、だめ、またあ……っ」

ぐじゅ、ちゅる、と耳を覆いたくなるほどの卑猥な音が、前から後ろから響いてくる。濃厚すぎる前戯に耐えられず、鼓巳は思わず哀願していた。

「ああっ、もっ……、いれて、頼む、からっ…、挿れてえぇ……っ」

「なんだ、もっと可愛がらせろよ」

「だめ、もっ…、がまん、できない……っ」

過剰に愛撫された鼓巳の内部はひっきりなしに収縮して、もっと長大なものを欲しがっている。

「お、おかしく、なる、からっ……」

「そうだなあ。こんなに尻をヘコヘコさせているもんな」

快楽ともどかしさのあまり、鼓巳は腰をしきりに振り立てていた。身も世もなく清武を求める仕草を振り撒いている。

ちらりと俯くと、清武の股間も天を衝くほどに反り返っていた。血管すら浮かんでいる凶器は彼もまた興奮して挿れたがっていることを示している。自分の欲望を後回しにして、清武はいつも鼓巳を悦ばせることを優先してくれているのだ。それがわかっているからこそ、彼が欲しい。

「清武のこれで、気持ちよくして欲しい……」

鼓巳は手を伸ばし、彼の怒張に触れた。ずしりと重い質量を持つそれはどくどくと脈打っている。

「そんなに煽って、知らないぞ」

「あっ！」

膝の裏に手をかけられ、大きく開脚させられた。深く脚を折られるひどい格好をさせられて、どろどろに蕩けた後孔に男根の先端が押しつけられる。

「んくぅぅ」

入り口に少し潜り込ませただけで、それはずぶずぶと中に呑み込まれていった。

「はあ、あう、おっ、きぃ……っ」

指でされるのも気持ちよかったが、それとは比べものにならない質量で内部を侵されていく快楽に口の端から唾液が伝った。張りつめた内股もぶるぶる震えている。

「鼓巳…、よすぎるぞ」

「あっ、あっ、俺も、いい…っ、清武の、すき…っ」

「そいつは嬉しいな。ほら、もう奥まで這入っちまうぞ」

清武のものが根元近くまで挿入され、最も感じる場所にごり、と押しつけられた。その先は、彼の子を育てるところだ。

「あ――…っ、きもちぃ…っ」

「もっとよくしてやる。うんと泣け」

次の瞬間、清武は腰を引いたと思うと、一気にまた深く沈めてきた。先端がずうん、と奥に当たる。鼓巳はそれだけで絶頂に達してしまった。

「あっ、あ――〜っ」

がくがくとわななく肢体を、清武はお構いなく責め続ける。達している最中なのに中を擦られ、突き上げられて、鼓巳の背が反り返った。その背を抱きしめられ、また奥にぶち当てられる。

「ひ…っ、ひぃ、あぁあぁ…っ」

あまりの快楽に逃げたくとも、清武の屈強な肉体の下から逃れられない。彼の逞しい怒張で濡れる肉洞をかき回され、奥を捏ね回されて、ずっと気持ちがいいことしか考えられなくなっていた。

「ずっと、中痙攣してんぞ…、イってんのか？」

「ひ、ア、わ、わかんな…っ、んあぁあんっ」

「可愛いな。たまんねえよ、鼓巳…っ」

「んっ、んんっん〜っ」

口を塞がれ、舌を搦め捕られて強く吸われる。この状態での深い口づけは少し苦しかったが、ひどく嬉しくもあった。それに繋がりながらの口づけは単純に気持ちがいい。舌だけを突き出してくちゅくちゅ絡め合うと、頭蓋の中にいやらしい音が響くようで興奮してしまう。

「……そろそろ俺も出すぞ」

律動が速まる。内壁から感じる彼の脈動も、どくどくと大きくなっていた。

「こんなに奥で何回も出したら、孕んじまうかもな」

「あっ、んっ、い、いい。清武の、赤ちゃん…っほしい……っ」

「…っそうか」

彼はふと優しく笑った。

「俺もだ」

アルファと交わり、子供を産むのがオメガの本能だと言うが、そんなのはどうでもよかった。今感じているのが本能だろうが、自分達が運命の番だろうが、もうどうでもいい。今こうしていることがすべてだった。

「鼓巳、出すぞ…っ」

「ふあっんっ、あ、ああっ、すごい、の、くる……っ！」

一際大きな絶頂の波に呑まれ、鼓巳は全身を痙攣させる。内奥にしとどに熱い精を注ぎ込まれていった。

――熱い。

胎内を焦がさんばかりのもので満たされて、鼓巳はどうしようもない多幸感に身悶えする。そのまま少しばかり意識が飛んでいたのか、ふと気がつくと、ベッドの上で清武に身体を拭われていた。

「気がついたか？」

「あ、ごめ……」

後始末をさせてしまったと、鼓巳は慌てて身体を起こそうとする。が、力が入らずにまたシーツの中に沈み込んでしまった。

「駄目みたいだ」

「だろ？」

結構無理させちまったからな、と彼は言う。

「とは言え、もうすぐ昼だ。なんか食わないとな」

「……風呂に入りたい」

「おう。温泉入ったら動けるようになるか？　そしたら車でどっか食いに行こう」

「うん」

力の入らない身体を抱き起こされ、抱えられて、部屋についている露天風呂に向かう。清武は鼓巳を洗い場の椅子に座らせて湯の温度を確かめた。

「そんな熱くねえから大丈夫だろ」

「あ、自分で洗えるから平気だよ」

「いいからさせろって」

清武は至れり尽くせりで鼓巳の身体に湯をかけ、丁寧に洗ってくれる。

「ありがとう」

「おう」

こういった場面でも大事にされていると感じられた。彼は本当に、もったいないくらいの番だ。

「最近は部屋付きの温泉があるところが増えてきたな。いいことだ」

「そうだね。俺達みたいに彫り物がある人間は、普通の温泉には入れないし……」

「まあ、それもそうだが、別の意味もある」

何気ない会話のつもりだったが、清武が意味深な笑みを浮かべていた。

「なに？」

「こうして、二人でいちゃつき合えるだろ」

清武の手が胸を撫で上げ、指先が乳首に触れて、鼓巳は思わず背中を反らす。

「ひゃっ…、だ、駄目だよ、もう！」

「ああ、わかってる。今はもうしねえよ」

そう言った清武の手つきから淫猥な気配が抜けた。普通に身体を洗われ、鼓巳は思わずほっとする。と同時に少し惜しいような気持ちにもなって、思わずぎょっとした。

（どこまでも底がないのは俺のほうじゃないか、恥ずかしい）

いたたまれない気分になっていると、ふいに背中から抱きしめられる。背後にぴたりと清武の体温が感じられた。

「なあ、今夜は抱き潰してもいいか？」

「……っ」

さっきまで身体を繋げていたというのに、もう色めいた誘いを受けて、鼓巳はどきりとした。

まるで、今の鼓巳の心を読まれていたようだ。

「抱いても抱いても足りねえ――。すぐにお前が欲しくなっちまう」

「清、武……」

「こんな俺は嫌か？」

鼓巳の肩口に彼の額が押しつけられる。なんだか甘えられているようで、鼓巳はくすりと笑いを漏らした。

「嫌じゃないよ」

二人とも、お互いが欲しいのは変わらないのだ。そう思うととても嬉しい。抱き合ったところから熔けていって、混ざり合ってしまうほどに交歓をしたかった。

唇が重なってきて、鼓巳は静かに目を閉じる。

庭から風が吹いてきて、外の木々の枝を静かに揺らした。

カウチの上でぱちりと目を開けた鼓巳は、すでに清武が帰ってきていたことに気がついた。キッチンには明かりがついていて、彼が夕食の支度までしようとしていたことに慌てて飛び起きる。

「清武、おかえり、ごめん——」

「おう、起きたか？」

「帰ってきたなら起こしてくれたらいいのに」

調理台の上には野菜と肉が並べられていた。なんとなく食欲がないが、彼のために食事は作らねば。

「よく寝てたからな。起こしたくなかった」

「甘やかしすぎだよ」

番となり、結婚して三ヶ月ほどが経ったが、清武は本当に鼓巳に甘い。外に出ればその界隈では畏れられている存在で、彼自身もまたそのように振る舞っているのに、鼓巳の前ではかたなしだった。

「俺はお前に、前まではひどいことをさせていたからな」

鼓巳に身体を売らせていたことを、彼はまだ気に病んでいるらしい。鼓巳自身は、清武にはまったく責任はないと思っているというのに。だがそれに関しては彼は譲る気はないらしい。頑として自分のせいだと思っている。しかし鼓巳もまた、それは多くの人間を傷つけた当然の報いだと思っているので、それに関しては平行線だった。おそらく、これからも交わることはないだろう。仕方のないことだ。わかり合えないことはある。

だがそれを抜きにしても、清武は鼓巳を可愛がりたいらしい。色々な意味で。

「寝るのは構わねえが、体調が悪いとかじゃないのか？」

「ううん…、確かに最近、すごい眠くて」

睡眠も足りている。それなのに、この異様な眠気はなんなのだろう。

「お前、もしかして」

「え？」

「できたんじゃないのか？」

「え……？」

鼓巳がまだ状況を把握できていないうちに、清武は凄い勢いでスマホを取り出して電話をかけている。

「鼓巳を診てもらいたいんだ。ああ、すぐだ」

電話の相手は多分弘だろう。清武は話しながら鼓巳をキッチンから連れ出し、出かける支度をするよう手振りで示す。言われるままに上着に袖を通し、そこでようやっと何が起きているのかに思い当たった。


「おめでとう。ご懐妊です」

電子カルテに目を通しながら、弘が畏まった口調で告げる。

「確かなのか」

「あのねえ。俺を誰だと思ってんの。バッチリ妊娠してるよ。これが赤ちゃん！」

エコーの写真をボールペンで示しながら、弘がいつもの調子で話す。

「三ヶ月ってとこかな。あからさまにハネムーンベイビーで笑える。君達新婚旅行でちゃんと観光とかした？」

「いや、あんましてねえな」

堂々と答える清武に、鼓巳はいたたまれなくなる。だが、あの時本当に孕んだのだ。彼の子供を。そう思うと今更ながらに実感にも似た思いが湧いてきて、鼓巳は自分の下腹にそっと触れた。

「……嬉しい」

目頭がじわっ、と熱くなる。

「よかったね」

目の前で弘が微笑んでいた。そして、肩に温かな感触を得る。清武の手だ。

「これからもっと、身体大事にしねえとな」

「もう大事にされてるよ」

「いいや、もっとだ」

そんなふうに言う清武に、鼓巳は呆れたように笑う。

頬に伝う涙を、優しい指が拭ってくれた。

あとがき

こんにちは西野《にしの》 花《はな》です。『蛇恋艶華《じゃれんえんか》』を読んでいただき、ありがとうございました！ このタイトルは担当さんが考えていただきました。前回の『双獣姦獄《そうじゅうかんごく》』も担当さん作で、四文字タイトルのセンスが神がかっている……！ と思いませんか。

オメガバースはちょっと久しぶりに書きました。やっぱりこのオメガバースの世界観というのは独特で楽しいですね。書き手による設定の追加などもあってある程度自由なのがいいと思います。それと今回は裏社会設定なので刺青など背負わせてみましたが、イラストでどんなふうに描いていただくのか楽しみです。

挿画の笠井《かさい》あゆみ先生、ありがとうございました。何度か組ませていただいていますが、いつもびっくりするほどの可愛いラフからあの美しい絵に変わるのがまるで魔法のようだといつも思っています。今回もわくわくです。

担当様もいつもありがとうございます。どうにか面倒を見ていただいて、いつも恐縮しっぱなしです……！

まだまだ世間は流行病などで落ち着きませんけども、皆様もどうかお身体に気をつけて楽しくお過ごしください。

それではまた次の本でお会いできましたら嬉しいです。

西野　花

【Twitter　@hana_nishino】

初出一覧

蛇恋艶華 ………………………………………… 書き下ろし
いつかの日々 …………………………………… 書き下ろし
あとがき ………………………………………… 書き下ろし

ダリア文庫をお買い上げいただきましてありがとうございます。
この本を読んでのご意見・ご感想・ファンレターをお待ちしております。

〒170-0013 東京都豊島区東池袋3-22-17　東池袋セントラルプレイス5F
(株)フロンティアワークス　ダリア編集部
感想係、または「西野 花先生」「笠井あゆみ先生」係

この本の
アンケートは
コチラ!

http://www.fwinc.jp/daria/enq/
※アクセスの際にはパケット通信料が発生致します。

蛇恋艶華

2021年7月20日　第一刷発行

著　者
西野 花

発行者
辻 政英
発行所
株式会社フロンティアワークス
〒170-0013 東京都豊島区東池袋3-22-17
東池袋セントラルプレイス5F
営業 TEL 03-5957-1030
編集 TEL 03-5957-1044
http://www.fwinc.jp/daria/
印刷所
中央精版印刷株式会社